集英社オレンジ文庫

# これは経費で落ちません！ 7

～経理部の森若さん～

青木祐子

本書は書き下ろしです。

5・第一話　お祝いなんて言えないなあ、いろいろ知ってからじゃないと
47・第二話　自分がいないとまわらないと思っているのは本人だけだ！
109・第三話　自分が幸せになりたいかどうかって話です。人の幸せに奉仕するんじゃなくて
177・第四話　たまには悔しいこともあるわけですよ、俺だって
230・エピローグ　～夢見る真夕ちゃん～

## 【登場人物紹介】

**森若沙名子**（もりわかさなこ）

経理部員。過不足ない完璧な生活を目指している。座右の銘は「ウサギを追うな」。

**山田太陽**（やまだたいよう）

営業部のエース。沙名子とつきあっている。

**佐々木真夕**（ささきまゆ）

経理部員。沙名子の後輩。愛社精神に溢れているが、ケアレスミスも多い。

**麻吹美華**（あさぶきみか）

経理部の新入社員。中途入社で沙名子より三歳年上。好きな言葉は「フェアネス、コンプライアンス、ウィンウィン」。

**田倉勇太郎**（たくらゆうたろう）

経理部員。沙名子の先輩。大きな体に似合わず神経質な一面もある。

**中島希梨香**（なかじまきりか）

営業部企画課員。真夕の同期。毒舌で噂話が大好き。

**山崎柊一**（やまざきしゅういち）

常に売り上げNo.1を維持する、営業部販売課の真のエース。山田太陽の憧れ。

イラスト／uki

# 第一話　お祝いなんて言えないなあ、いろいろ知ってからじゃないと

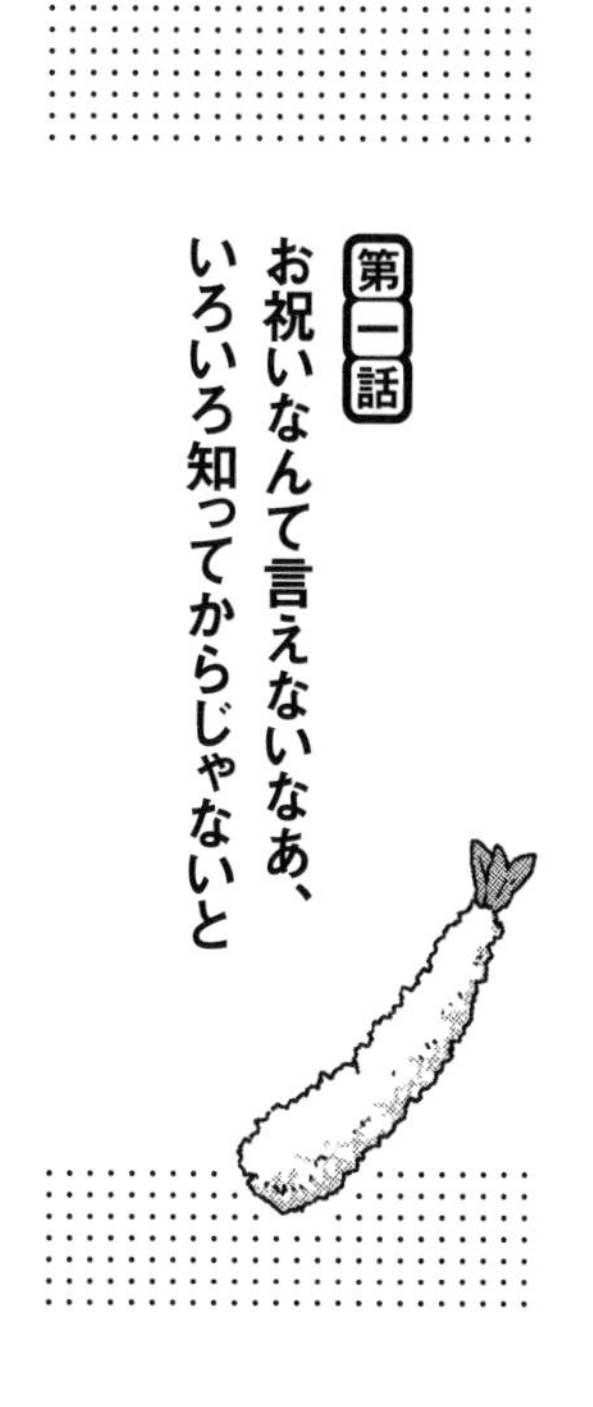

「主任……ですか」

沙名子は新発田部長を前にして、小さくつぶやいた。

天天コーポレーションの三階の小会議室、パーテーションで仕切られた四人がけのスペースである。

今日、新発田部長は午後から四階の会議室に詰めていた。経理部のベテラン勇太郎、吉村営業部長、姉崎製造部長と鈴木課長、円城格馬専務も同席しているはずだ。

経理室で仕事をしていたら、新発田部長が直接沙名子を呼びに来た。わからない経理データでもあるのかと思ったら、ふたりきりになったところで突然、主任になるつもりがあるかと訊かれたのである。

「――わかっていると思うが、天天コーポレーションは来年度から三社で合併することになる。昇進、異動の一環だ。森若さえよければだが」

「わたしは、年齢的に早いと思っていました」

沙名子はそろそろと口に出した。

同僚と雑談で話したこともあり、それほど驚かなかった。うっすらと予感していたのかもしれない。

天天コーポレーションは来年度から三社が合併する。

古参の総務部長が退職したことにより、新発田部長は総務部と経理部の兼務となり、経理部主任だった勇太郎は課長待遇となった。経理部は一時的にかなり忙しくなる。合併先の会社とのバランスを考えると、数字に責任を持てる人間がもうひとり欲しいところである。

　本社経理部員の同僚で平社員は三人。真夕は経理経験が二年しかない。美華は沙名子よりも年上で優秀だが、入社してから一年もたっていない。この時期に大阪や九州の営業所からベテランの経理部員を呼ぶのもリスクがある。となると主任になるのは、どうしても沙名子ということになる。

「専務は年齢や性別にはこだわらないと言っている。正直、俺はこだわるたちなんだが、今はそんなことを言っていられない。森若だったら問題ないだろうからな」

　その問題ないというのはどこにかかるのか。ひっかかるところではある。

「お返事は今でなくてもいいんですね」

　沙名子が言うと、新発田部長は軽く目を細めた。

「何か、個人的な問題でも？」

「いえ。急なので少し考えたいだけです」

「そうだな。仕事内容はさして変わらないが、心構えは必要だろう。来週くらいには確定させたいところだが」

「わかりました。来週中にはお返事します」

沙名子は答えたが、これは形式である。

会社員にとって辞令は命令のようなものだ。よほどの理由がなければ断れるわけがない。新発田部長もそのあたりはわかって打診している。

主任か……。

沙名子は二十八歳である。天天コーポレーションでは三十歳を超えてから主任になるのが通例だ。

あと数年は完成された生活を楽しめると思っていたのに。こうなる前に、ベテランの経理部員を増やしておくべきだと何回も言っていたのに。

給料は大して増えないのに、責任が増えると思うと憂鬱（ゆううつ）になる。

話は終わったが、新発田部長は会議室に戻るようだった。天天コーポレーションの経営陣は最近、会議ばかりしている。今後の経営と人事の計画をたてているとしたら、沙名子に打診をしてきたのもその一環か。

エレベーターホールの前まで行くと、制服姿の女性が廊下を歩いてくるのが見えた。

総務部のベテラン、平松由香利（ひらまつゆかり）だった。確か今年で四十一歳、肩書きは主任だ。総務部長が退職したあとはこれまでにまして、総務部になくてはならない存在になっている。

「新発田部長、ご用件があるとお聞きしたのですが」

由香利は新発田部長に声をかけた。

「あ——平松さん、今時間ありますか？　じゃこのまま四階の特別会議室に来てくれますか。専務もいるから」

「はい」

由香利は課長になるのだなと沙名子は思った。こういうことはなんとなくわかる。

新発田部長は総務部の仕事に慣れていないし、由香利のキャリアと能力からすれば昇進はおかしくない。次期社長の円城格馬専務が、女性を積極的に管理職に登用する方針だというのは本当のようだ。

昇進するなら女性だからではなくて、優秀だからという理由であってほしいものだが。

エレベーターに乗り込むと由香利は沙名子に顔を向けた。考え込むような表情をしている。扉が閉まるまでの数秒の間、ふたりは無言で見つめ合う。

由香利も沙名子について、同じようなことを考えているのかもしれないと思った。

「主任！　マジで！」

海老の背わたを取りながら太陽が叫んだ。

休日の太陽の部屋——玄関を入ってすぐのところにあるキッチンだ。沙名子は鍋に油をセットしている。肉と野菜の串をタッパーから取り出して、小麦粉を振り、バッター液に浸す。

今日は太陽の二十八歳の誕生日である。

こういうときはどこかに食事に行くものだと思っていたら、太陽のほうから手料理を食べたいと言ってきた。しかも家で作ってほしいらしい。

なぜ太陽が手料理にこだわるのかはわからないが、誕生日となれば仕方がない。

凝った料理は慣れたキッチンでないとやりづらいので、揚げ物をすることにした。これなら下ごしらえしたものを持ってきて、食べる前に揚げるだけで済む。太陽の家にある調理道具と調味料はチェック済みである。使えるものは使い、ないものは家から持ってきてある。

海老だけは新鮮なものを食べたかったので、近くのデパ地下のスーパーで買った。太陽はどうせ料理中も喋りまくるだろうから、単純作業の下処理をやってもらうことにする。これでもかというほど揚げて、残ったらタッパーに入れて弁当用に持って帰るつもりである。

「すげーなー。うちって主任は三十二、三歳くらいだろ。普通」

太陽は沙名子が教えたとおりに海老の殻を剝き、背わたを取って腹側にナイフを入れていた。やったことがないと言っていたが、意外と器用だ。

「今回は特例だと思うわ。ほかに人がいないから」

「いやー沙名子が優秀なんだよ。俺、営業部に人がいなくても、来年主任になれる気がしないもん。気持ちは新人のぺーぺーだよ」

「仕事の内容も人数も違うでしょ。比べられるようなものじゃないわよ」

油が温まったので、沙名子は豚肉と玉ねぎの串を鍋に投入した。

油がじゅうじゅうと音をたてはじめる。太陽が処理した海老にも粉を振ってバッター液とパン粉をつける。このために生パン粉をわざわざ買ったのである。

「ひょっとしてこのまま最短で課長になって、経理部長になったりして。そうしたら初めての女部長だよな」

油がひとつ高くはね、沙名子はぴくりと手をとめた。

天天コーポレーションの人事の法則についてはとっくに調べている。この十年で主任になったいちばん若い年齢は四年前で、二十九歳だった。営業部の山崎柊一である。沙名子は彼よりさらに一年早いことになる。おそらく女性では社内で最速だ。

役付きになるのはともかくとして、女性で初とか二十代でどうとか、何かの社会的なアイコンにされることを沙名子は警戒している。そういうことは沙名子の役割ではない。主任になるくらいで特別扱いをしないでほしい。

「勇さんがいるからそれはないです」

「田倉さんだっていつ異動になるかわからないじゃん。幹部候補みたいだし。沙名子はその次ってことじゃないの」

「勇さんとわたしじゃ担当が違うわ。わたしは財務会計はできるけど、管理会計はできないから」

「よくわからんけど、これからやることになるんじゃないの？」

「それは……ない……と信じたい」

沙名子はつぶやいた。

まさかと思うが。会社は本気で、沙名子を勇太郎の後釜（あとがま）、または片腕として、管理会計のプロフェッショナルにするつもりなのか。年度ごとに監査書類を作成し、会社の経営方針に関わって経理的な判断を下せというのか。

沙名子は勇太郎や美華と違い、簿記以上の会計の勉強を本格的にしたことがない。そもそも沙名子には、そこまで天天コーポレーションに対する愛も忠誠心もない。

——これというのも、新島（にいじま）総務部長が急に辞めたりするからだ。

自分がやったことはさておいて、沙名子は博打（ばくち）好きの新島部長を恨みたくなる。

新島部長は円城格馬専務と社内政争をした結果、敗（やぶ）れた。沙名子は円城専務側についたということになっているはずだ。新島部長が秘書と組んで内々にすすめようとしていた大手メーカーとの合併話を告発し、社員たちに漏らしたのが沙名子なのである。

ほかの社員が知らないことではあるが、深く関わりすぎた。新発田部長をはじめとする幹部社員たちが沙名子を煙たく思ってもおかしくない――と考えていたら、異例の昇進をさせようとは。小さな会社であっても、それなりの地位にいる男たちというのはしたたかなものである。

椎茸としとうの串が揚がりはじめていた。次々に引き上げるきつね色のフライを太陽は嬉しそうに見守っている。

「揚がったものから持っていって、食べていいわよ。あとは海老だけだから。座ってビール飲んでて」

「そんなに簡単に冷めないだろ。一緒に食べたいから待ってるよ」

太陽はさらっとこういうことを言うから困る。自分の弁当の分もついでに揚げると言えなくなるではないか。

「最初はワインにしない？　買っておいたんだよね。赤と白」

「珍しいね。誕生日だから？」

「そう。沙名子と同い年になれる貴重な日なんだよな。二カ月だけだけど。初めて食事行って一年くらいだし、記念日っていうか。――今日泊まっていく？」

……………。

沙名子は太陽に目をやった。

太陽は冷蔵庫から白ワインの瓶を取り出している。沙名子と目が合うとにやっと笑った。

「帰ります。言ったでしょ。イレギュラーは苦手なの」

「そんなこと言って、この間、突然うちに来たじゃん？　たまにはいいと思うんだよな」

「――あれは特別だったの」

「今日は特別じゃないの？」

「誕生日はもっとも確実な一年ごとのルーティンでしょ」

「なるほど。って、なんで納得してるんだ俺」

太陽は揚げ物の大皿をテーブルに運びながら、自分の言葉につっこみを入れている。楽しそうだ。いつもそうなのだが、今日はスーパーで買い物をしているときからずっとテンションが高かった。

新島部長の自宅を訪ねたその日、その足で太陽の家に押しかけてしまった。沸騰する怒りのようなものがあって、どうしても自分だけで処理できなかったのである。

太陽は驚いたようだったが、詳しく訊いてくることはなかった。普段通り優しかった。

山田太陽はただの明るい男ではない。一緒にいると何かに包まれるようで、ネガティブな出来事があっても傷つかないでいられる。ひょっとしたらこれが、男に守ってもらうということなのか。

「海老もそろそろできそう。余ったらお弁当用に持って帰ろうと思ってたんだけど」

「それダメ。余ったら俺が全部食べる。明日の朝昼晩エビフライにする。これ絶対にうまいって。写真撮るから待って」

太陽は角度がいまいちだなとつぶやきながらスマホでエビフライを撮っている。

沙名子はタルタルソースとブロッコリーと卵のサラダを冷蔵庫から出した。家で作ってきたものだ。ちぎったレタスの上に載せて、プチトマトを添えれば出来上がりである。

テーブルの上にはワインの瓶とグラスがふたつ。冷蔵庫には小さいケーキもある。誕生日のプレートつきだ。

揚げ物はまあまあうまくできた。弁当のおかずにはならなくなったが、太陽がこんなに喜んでいるのだから、作ってよかったということなのだろう。

「——ね、森若さん、ちょっと噂（うわさ）を聞いたんですけど」

平日の就業後、ロッカールームに入ったとたんに声をかけられ、沙名子はぎくりとした。話しかけてきたのは企画課の中島希梨香（なかじまきりか）である。古いソファーに腰掛けて、大きな鏡に向かって化粧を直している。

太陽とつきあっていることは会社では当然ながら秘密である。希梨香は太陽と同じ営業部で仲がいいし、とにかく噂好きなので警戒しなくてはならない。知られたら社内中の女性に触れ回るだろう。

「えーと……。なんのことかしら？」

「平松由香利さんですよ、総務部の。今、千晶ちゃんと話してたんです。由香利さん、やっぱり結婚するらしいです」

「そうなの」

沙名子はほっとした。

ロッカーの前には広報課の室田千晶がいる。千晶は制服から私服に着替え終わり、化粧を直しながら希梨香と雑談していたらしい。

「今日のランチで、総務部の有希さんが言ってたんです。由香利さん、うちの労務規定見てたんだって。それで、ご結婚ですかって試しに言ってみたら、まあ……って感じで、否定しなかったんだって。そういえば最近、よくスマホ見てますよね。ランチもあまり一緒にしなくなって、しても行くところあるからってすぐ抜けるの。地下鉄の朝の混み具合とか、新型の電子レンジの話にも食いついてましたもん。由香利さんの家ってJR沿いだし、親が家事やってくれてるんで、そんなの聞く必要なんてないはずなのに」

今後、知らない路線の混み具合と、新型家電について社内の人間に尋ねるのはやめようと思う。どこからどんな噂が広まるかわからない。

沙名子はロッカールームのすみにある、カーテンで仕切られたスペースに目をやった。制服組が着替える場所で、女性社員の間では試着室と呼ばれている。誰かが使っているらしく中からごそごそと音がする。

　少し待たなければならないということは、希梨香の噂話を聞かなければならないということだ。こんなことならもう三十分残業すればよかった。

「よかったじゃないですか、ご結婚されるなんて。お祝い言わなきゃならないですね」

　千晶が無難に返した。

　千晶は沙名子と同い年の契約社員である。ずっと私服で通勤していたのだが、今年の春から制服を着用し、ロッカールームを使うようになった。十月から正社員になることが決まっているせいか、最近は少し明るくなった。

「いやーあたしはお祝い言えないなあ。いろいろ知ってからじゃないと。結婚するならもっと派手に発表してもいいのに、本人が言いたがらないんですよ？　婚活して見つけた男だし、何かあるんじゃないですか」

「平松さん、婚活していたんですか？」

「そうですよ。あたし、陰ながら応援してたもん。化粧品あげたこともある。リップの色、あまりにひどかったから。由香利さん、髪切ったじゃないですか。相手見つかったからショートにしたんだなって思いました」

「ちっとも気づきませんでした」

　千晶は由香利とは婚活パーティで会ったことがあるはずだが、そのことはおくびにも出ない。

さない。よくも悪くも正直な希梨香とは対照的だ。千晶のほうが敵が少ないことは間違い

　千晶がいたのでまだよかった。沙名子はあいまいにうなずきながら自分のロッカーを開けた。早く試着室が空かないものか。着替えてさっさと出ていきたい。

「婚活でもいいお相手は見つかるでしょう？」

「そうだけど、なんかね。これ、噂なんですけど……。由香利さんの相手、無職っぽいんですよね」

「無職？」

　千晶は小さくつぶやき、希梨香は声をひそめた。

「さっきの労務規定の話ですけど。由香利さん、男性が扶養に入るケースについて調べていたらしいんですよ。夫が妻の扶養内ってねえ……。確か由香利さんて総務課長になるかもしれないんでしょ。うちは長く勤められるし、課長なら男が低収入でも大丈夫じゃないですか。もしかして結婚焦って、ダメ男につかまった？　って思って」

「ええー……」

「ダメ男ってプライドないから、収入ある女と結婚すると会社辞めちゃったりするんですよ。由香利さんって仕事できるけど、恋愛経験少なそうだし。ちょっと心配だよね」

「恋愛経験があるからいいって問題でもないような気がしますけど……」

「あはは。織子さんのこと言ってる？　織子さんは単にイケメン好き」

「やっぱりゾンビ婚なのかしら？」

　ふたりのやりとりを聞きながら、沙名子は何気なくつぶやいた。

　千晶がはっとしたように沙名子を見た。

「――森若さん！」

　希梨香は言葉を止め、爆笑した。

「森若さん、何言ってるんですか！　いくら四十代初婚だからって、ゾンビって！　そんなのあたしでも言わないですよ！」

「いえ、違うのよ。変な意味じゃなくて」

「いまさら否定したってダメですよ、あたしと千晶ちゃんが聞きましたから。これは真夕にも言わなくちゃ。ゾンビ婚うける！　由香利さんには内緒にしないと。森若さんがそういうこと言うとは思わなかった」

　希梨香はひとりで笑っている。

　千晶の責めるような目を見て、沙名子ははじめて失言をしたと気づいたが、どう言い訳をしたらいいのかわからない。

　由香利がゾンビ映画、ホラー映画を好き――それもけっこうマニアックな趣味であるということを希梨香たちは知らない。

由香利の結婚相手といえば、思い当たる男がいる。

去年の年末、由香利から写真つきのメールをもらったのだ。コスプレのパーティらしく、血まみれのゾンビの扮装をした写真だった。そこに同じようなゾンビの格好で写っていた男性がいた。仲がよさそうだったたし、扮装はともかくあんなに楽しそうな由香利の姿を初めて見た。

あれ以来、由香利の雰囲気が変わったように思う。結婚の噂を聞いたとき、あの男性かなと思った。

変わった趣味を同じくするパートナーと出会い、とんとん拍子に結婚が決まったのならほほえましい。運命かもしれない。そう思って言ってしまっただけなのだが。

「ご結婚されるのなら、おめでたいことよね。そのうち報告があるでしょう」

やっと試着室が空いた。沙名子は形式的に言って、そそくさと中に入る。試着室から出てきたのは総務部の有希である。

「ねえ聞いて、今、森若さんと、由香利さんの話していてさあ……」

カーテン越しに希梨香の声が聞こえてくる。勘弁してくれと思いながら、沙名子は制服を脱いだ。

「森若さん、最近、金額の変更があった路線てありましたっけ。今、来期の定期代の支払い確認してるんですけど」

翌日、沙名子が経理室でパソコンに向かっていると、真夕が尋ねてきた。

真夕は九月分の給与に上乗せする通勤定期代の確認をしている。半年ごとのルーティンだが、路線が社員ごとにまちまちなので煩雑である。締め日が終わって、忙しくないうちにやれることをやっておこうということなのだろう。

「なかったと思うけど、いちおう全部、公式な情報で確認して。サイトにあるのは古い可能性があるから、日付に気をつけてね」

「昨日確認しました。怪しそうなのは電話かけて訊きました」

「じゃ大丈夫じゃないかな。何か問題があった？　今回、引っ越しした人が多いとか？」

「いえ、以前間違っちゃったことがあるんで、確定ボタン押すのが怖くて訊いてみたんです。森若さんに大丈夫って言われたから安心して押せます」

真夕は本当に安心したようにモニターに向かい、マウスをカチリと押す。

沙名子は苦笑した。いつも思うことだが、真夕は自己評価が低すぎる。たまにぽっかりとミスしてしまうので臆病になっているようだ。

ほかの部員が合併にともなう変化にかかりきりになっていられるのは、真夕が経理部のもっとも基本的なルーティン――給与計算――の細かい部分を支えているからだというのに。

「真夕ちゃんはもっと自信もっていいよ。社内のことだし、そんなに怯えなくても」

「と思うんですけど、どうなるかわからないですからね。細かい訂正で時間とられたくないし。あたし、もうちょっと経理部にいたいですから」

真夕はふーっと息をついてファイルを閉じ、紙コップのコーヒーを飲んだ。

「合併したあとの経理部ってどうなるんですかね。従業員、非正規も含めたらけっこうな人数になるんですよね。給与計算、あたしだけだったら無理ですよ」

「勇さんが半年は猶予期間だって言っていたわ。正式な合併は来年度からだし、労務規定と経理システムのすりあわせが完了するまではこのままでしょう。これから打ち合わせが多くなるかも。真夕ちゃんは実務者として意見を求められるかもしれないから、まとめておいたほうがいいかもね」

「ううう……あたしがですか」

「当然でしょう。トナカイ化粧品とブルースパにも経理担当者はいます。彼らは自社の利益と製品を守るべく動きます。天天コーポレーションは主体企業ですから、全社の利益を考えて動かなければなりません。経理部員が弱気になるのは業績に響きますよ」

ぴしりと割り込んできたのは美華である。

美華は沙名子の隣で、株式会社トナカイ化粧品の決算書を見ている。

美華の担当は製造部と開発部である。本来は勇太郎の担当なのだが、勇太郎は現在、実務から離れているのでほぼ美華がやっている。

合併先のトナカイ化粧品はオーガニック化粧品の中小メーカーだが、業績があまりよくない。天天コーポレーションも化粧品のブランドを持っている。ともに安価な路線のドラッグストアコスメだが、どちらかの化粧品を終了させることになるかもしれない。終了するにしろ存続させるにしろ工場の統廃合とラインの整理は必要で、経理的な判断が必要な局面である。勇太郎がついているとはいえ、美華には荷が重そうだ。

もうひとつの合併先、篠崎（しのざき）温泉ブルースパはスーパー銭湯（せんとう）の業務を関東圏で展開している。こちらは沙名子の担当だが、天天コーポレーションの銭湯業務と共存できるし、業績は黒字である。工場が動いているわけではないので、統廃合があっても物理的にかかる費用は看板や内装の変更程度。女社長のワンマン会社なのが幸いで、いろんな決定が早い。

「トナカイさんとブルースパさんの経理部員さん、どんな人なんでしょうかねえ……」

冷めたコーヒーを口に運びながら、真夕がつぶやいた。

「そのうち紹介があると思うわ。ブルースパには独立した経理部はないようです。総務部の中にあって、数人の担当者が兼務している感じ。従業員は非正規が多いし、それほど大きい会社じゃないからね」

「トナカイもそうです。総務部の中にひとり詳しい男性がいて、彼が全部やっています」

沙名子の言葉にかぶせるようにして美華が言った。

美華の表情は厳しかった。何やら苦労しているらしい。美華は臨機応変に動くのが苦手で、正論に合わせて突っ走ってしまうところがある。

総務部員の中に専門ではない経理担当者がいるというパターンは、経理部があるよりもやっかいだと沙名子は思った。相手に基本的な経理の知識がないと、いちいち説明が必要になる。

一族経営の小さい会社ではよくあるらしい。一族の身内が帳簿をつけ、社員は好きなように経費を使う。経営は経験則となんとなくの勘で行う。

トナカイ化粧品とブルースパは上場してないので外部監査がない。勇太郎がＯＫを出しているので大丈夫だとは思うが、不安がまったくないといえば嘘になる。

……そんなことを心配するのは沙名子の仕事ではないはずなのだが。

会社というものは、割り当てられた仕事さえしていれば、何も考えずに一生、給料と保障を支給してくれるものだと思っていた。

主任か……。

沙名子は考えるのが嫌になり、紅茶を淹れるために席を立った。

マグカップにお湯を注ぎ、ティーバッグを入れる。冷蔵庫から牛乳の紙パックを取り出していたら、真夕のデスクの上にある紙が目に入った。

従業員の新規住所、最寄り駅の一覧とある。要はこの半年の間に引っ越しをした人間ということである。総務部が作成したものだろう。

数人の従業員の名前の下のほうに、平松由香利、と書いてあった。新しい住所にはマンションらしい洒落(しゃれ)た名前がついている。

沙名子の視線を感じたのか、そそくさと真夕が紙をノートに挟みなおす。

「──平松さん、引っ越したのね」

「あ、そうみたいですね」

真夕はさらりと答えた。

由香利が引っ越したとは知らなかった。希梨香も知らないようだった。

真夕は希梨香と仲がいいから、あちこちで由香利の話題が出たはずだが、言わなかったということになる。

真夕はおしゃべりだが大事なところでは口が堅い。守秘義務というやつである。職務権限で知った個人情報は、ランチ後のカフェやロッカールームでの噂話とは違う。

バックオフィスワーカーはそうでなくては。

沙名子はひとまず安心し、マグカップを手にして席に戻る。

「ねえねえ真夕！　知ってた？　さっき、本人から直接聞いたんだけど！」

紅茶を飲もうとしたら、ドアから希梨香が飛び込んできた。

希梨香である。美華は顔をあげ、露骨に不快そうな顔をした。

「何の話？」

「由香利さんだよ。さっき給湯室で会って、スマホ見てたから、思い切って訊いてみたの。由香利さんやっぱり結婚するんだって。婚約者って、バツイチみたい！」

最後の言葉だけ声をひそめたが、沙名子にも美華にも丸聞こえである。

「いまどき珍しくないいんじゃない？　希梨香、騒ぎすぎだって」

真夕は呆れたように希梨香に釘を刺した。


その日の夜、久しぶりに定時で帰れたので、肉を食べることにした。

会社の帰りにスーパーに寄ったらアンガスビーフのステーキ肉が安かったのである。このところハードワークで残業がちだったせいか、急に食べたくなった。イレギュラーだが、たまにこういうことがある。

百五十グラムのヒレ肉をミディアムレアで焼き、バターしょうゆで味をつけたコーンとともに皿に盛る。

前菜はトマトサラダ。クルトンとドライオニオンを浮かべたコンソメスープ。主食のフランスパンは遠回りして、個人経営のお気に入りのパン屋で買った。横に、バターとオリーブオイルの小皿を添える。飲み物はノンアルコールビールである。ビールかワインを飲みたいところだが、翌日が出勤なのでお酒を飲むわけにはいかない。

料理しながら『ＧＯＤＺＩＬＬＡ』を流した。平日になんとなく観る映画は、一回観たことがあるものに限る。

好きな食材を好きなように料理して食べ、好きな映画を鑑賞する。自分で働いたお金を、自分のために使う。誰にも何も強要されない。人の目を気にすることもない。なんと自由で楽しいのだろう。

結婚したらこれができなくなるわけである。

沙名子はテレビの中で家族のために戦おうとする男性主人公と、仕事を果たそうとするその妻を眺め、不思議な気持ちになる。

配偶者がいなければ、何も考えずに職責をまっとうできるだろうに。家庭を持てば家族のために戦わなければならない。

しかしそれは、自分が危機に陥ったときに誰かが戦ってくれるということでもある……。

結婚とは、自由と引き換えに絶対的な味方を得るということだ。どんなに追い詰められても、良い家族のいる人間は負けることがない。家に帰ればさらに強くなって復活する。

不死鳥か。ラドンの火山みたいなものか。

会社の権限を使うだけ使ったあげく、わたし結婚するのよと誇らかに言って去っていっなった。

た美人秘書を思い出した。沙名子が勝ったはずなのに、その一言で負けたような気持ちに

同期社員の美月が結婚することになり、マリナに続いて由香利も結婚が決まったと聞いてからというもの、どうにも心のざわつきが収まらない。なにやら心の中にある、厳重に閉じていた蓋が開いてしまったようである。

結婚すれば絶対的な味方を得られるだなんて考えたこともなかった。むしろひとりであれば面倒なことは何ひとつない、これほど完璧な状態はないと思っていた。

夕食を食べ終わった。おいしかった。このまま食後のアイスを食べるべきか、それとも風呂から出たあとにするか。沙名子は映画のエンドクレジットを見ながら、なんとなくスマホを開く。

太陽からは少し前にメールが来ていた。落ち着いたら旅行に行こうとある。

俺は九月か十月に遅い夏休みとる予定だから、沙名子は有休とれない？　沙名子の誕生日のお祝いかねて、温泉とか行こう。

太陽はパラダイスバスカフェ――近年に開店したばかりのスーパー銭湯の担当である。夏休みはかきいれどきでイベントもあったので、まとまった休みがとれなかった。

九月、十月といえば半期決算期。合併で何があるかわからないので、できれば有給休暇はとりたくないのだが、十一月になると太陽がクリスマスのキャンペーンイベントの準備

にかかりきりになる。こういうのは合間を縫ってなんとかするしかない。

ラドン温泉行きたいな、ととりあえず返信した。

食器をキッチンに運び、風呂の準備をしながら皿を洗う。アイスは風呂上がりに食べることにした。なんだか物足りないので、アイスを食べながらもう一本、映画を観てやろうと思う。


「――森若さん、ちょっといいですか」

デスクで仕事をしていたら、勇太郎に声をかけられた。

勇太郎は最近は日中、経理室にいないことが多い。会議や打ち合わせが多いからだ。戻ってくるとすかさず美華が声をかけ、空いている会議室で何かやりあっている。自分の実務は残業してやり、有給休暇も取っていない。さすがに大丈夫かと心配になる。

真夕が伝票の受付や請求書の作成などを率先して引き受けてくれることと、美華に重責を果たす意欲があることは幸いだった。この状態で誰かが倒れでもしたらと考えると恐ろしい。

「はい」

「ちょっと外で」

沙名子は立ち上がった。

廊下のすみにパーテーションで仕切られた四人がけの小会議室がある。勇太郎はそこまで来ると、ためらうように下を向き、椅子に座るように促した。

「お話というのは業務上のことですか？」

沙名子は尋ねた。

「ああ。つまり――新発田部長から、話があったと思うけど」

「主任への昇進のことでしたら、今週中にと言われています」

「断るつもりで？」

「いえ。気持ちの整理をつけたいだけです。急だったのでびっくりしてしまって。新発田部長もわかっていらっしゃると思います」

「そうか……。それならいいんだけど。……俺が訊きたいのは」

話というのはこのことではないらしい。おしゃべりな男ではないとはいえ、呼んでおいて黙ることはないだろう。

「わたしのプライベートなことですか？」

待つのが面倒くさくなり、沙名子は尋ねた。

勇太郎は息をついた。

「そうです。――だけど俺は、森若さんのことは、新発田部長にも誰にも言っていない。

ほかの人にも。知らせる意味もないだろうし」

勇太郎はやや言い訳がましくなった。

沙名子は勇太郎から恋人はいるのかと尋ねられたことがある。いきなりだったので、よくわからないままいると答えた。疑うまでもなく勇太郎は誰にも漏らしていない。

「だから、新発田部長から、聞いておいてくれと言われたというわけですね？」

「……そうだ。つまり、これからある程度、責任をもつ仕事をするとして——途中で辞めたり、長い休暇をとるようなことがあったら困るから」

「結婚の予定があるなら知りたいと？」

勇太郎はふたたび黙った。

図星だったらしい。経理部の人事計画をたてるにあたり、部長連中や勇太郎の間で、沙名子の将来について話題になったということか。余計なお世話である。

自分に結婚の予定があるのかないのか。あるとしたらこの数年のうちなのか。そのために会社を辞めたり、長期休暇を取ったりすることがあるのか。それともまだ考えなくていいくらい先の話なのか。

そろそろと開いたばかりの心の蓋を、他人の手で無理やり開けさせられる。これはけっこう不快なことである。男にこういうことを訊くことはあるまいと思うと理不尽にも感じる。男だって、いきなり退社したり休暇をとったりすることはあるだろうに。

とはいえ会社員なら仕方ない。

「──わたしは」

「──いい」

ひとまず予定はありません──と答えようとしたら、勇太郎に遮られた。

勇太郎は観念したように顔をあげ、沙名子の顔をまっすぐに見た。

「それ以上言う必要はないです。訊くんじゃなかった。訊いたところでどうなるものでもないし、部長連中に言うようなことでもない」

勇太郎はきっぱりと言った。

「そうしていただけると助かります」

「俺が訊かなかったと伝えておきます。訊く必要がないので。森若さんなら、何があっても会社に迷惑をかけることはないでしょう」

「迷惑?」

沙名子は聞き返した。

心外だ。こちらのほうが聞き捨てならない。

沙名子はきちんと働いていると思う。平社員なのに主任権限の経理処理をしてきたし、急な残業があっても予定がない限りは断らないし、真夕と美華の指導もした。仕事は早いほうで、大きなミスをしたこともない。営業部や開発部のように突出した利益をもたらすことはないが、給料をもらうからにはと責任を果たしてきた。

　迷惑をかけるというのは、会社に損失を与えるということか。別に感謝されたいとは思わないが、沙名子の存在が会社にマイナスであると言われたら反論したい。

　経理の仕事は代替がきくもので——だいたいの会社の仕事と同じように——その人でなければできないものではない。代わりを用意する責任は沙名子ではなくて、会社にある。

「わたしが会社に迷惑をかけたということですか？」

「あ——だから、今まではもちろん、森若さんには何も悪いところはないけれど、これからの話として」

「これからはあるだろうと。——結婚、出産することは会社への迷惑、わたしの悪いところであるということですか」

　沙名子は言いながら脱力した。

　これまで対応してきたさまざまな部署の社員たちを思い出す。経費の無駄づかいや小さなごまかし、あるいは仕事から逃げること。仕事で利益をもたらすことにより相殺できていたにせよ、これらのひとつひとつは会社にとって迷惑であり、損失だった。

　結婚、出産がそれらと同列だったとは。古くさいなりにいい会社だと思ってきたが、天天コーポレーションは個人の幸福を否定する場所だったか。

　仕事とは幸せになるためにするもので、幸せを阻害するものではないはずである。誰にでもある人生の転機を迷惑と責められるのなら、真面目に働くのがバカバカしくなる。仕事の手を抜き、空出張のひとつくらいやってしまいたくなるではないか。どうせ迷惑がられるなら同じことだ。

あるいはこれまで対処してきたあの人たちは、そういった失望を経験した挙げ句、小さなごまかしをやるようになってしまったのか――?

「……そういう意味じゃない。――すまん、俺はどうもこういうのがうまくない。なんであっても、報告するべきときには報告してくれればそれでいい」

沙名子の怒りが伝わったらしく、勇太郎は慌てたように言い直した。

「現在、申請すべきことはありません。あったら報告します」

「なるべく早めに言ってもらえるとありがたいです。辞めるにしても休みをとるにしても、人員を補充する時間がかかるから。個人的なことは誰にも言わないし、チームとして助けることができると思うので。森若さんにはできるなら辞めてもらいたくない」

沙名子はほっとした。

勇太郎の声にはさきほどまでのぎこちなさがない。おそらくこちらが本心だと思う。言い方ひとつで変わるものだ。

勇太郎だってあんなことを訊きたくないのに違いない。もともと一匹狼の気質で、中間管理職、女性の部下を持つということに向いていない男である。新発田部長は、言いづらいことをちゃっかりと勇太郎に押しつけたのだろう。

「ありがとうございます」

「森若さんからの要望はありますか？　仕事に関してでも会社に関してでもいい。この際、個人的な意見として」

「合併の猶予期間が明けて落ち着くまで、給料、またはボーナスの査定をあげていただけると嬉しいです。わたしだけではなくて、佐々木さんと麻吹さんも」

沙名子は言った。ずっと考えていたことである。

勇太郎は意外そうに目を細めた。

「佐々木さんと麻吹さんから不満が？　俺にはそういうのはどうもわからないんだが」

「不満があるから言っているわけではありません。仕事に対する評価を報酬で表していただきたいと思っただけです。現在、勇さんに実務ができないので、個人にかなり負荷がかかっている状態です。ふたりとも仕事熱心なのでなんとかなってはいますが、個人の資質に甘えるのはどうかと思います。特に麻吹さんにはもっとフォローが必要かと」

沙名子は言った。美華は優秀だが入社して一年もたっていない。愚痴を吐ける性格でもないので、真夕よりも危ういと思う。

勇太郎は考え込んだ。全体の人件費について思惑を巡らせているのに違いない。

「――わかった。給与の面は簡単にはいかないと思うけど」

「意見を申し上げたまでです。完全に合併したら新しい人が入ってくるんですよね？」

「それは考えている。いつになるかわからないけど。森若さんに正式な辞令が出たら、相談することもあると思う」

「わかりました」

「──森若さん」

一礼して会議室を出ようとしたところで、勇太郎が立ち上がった。

沙名子は振り返る。勇太郎はややくだけた口調になった。

「しばらく大変だと思うけど、まあ、頑張ろう」

「はい」

沙名子はにこりと笑った。

勇太郎はいい上司になると思った。無口で神経質でたまに威圧的だが、人の話を聞くことのできる男である。そして公平、イーブンだ。六年も同じ部屋で仕事をしているので、彼のやり方は心得ている。

経理室に戻る前に洗面所に寄った。

天天コーポレーションの洗面所は新製品の石鹸（せっけん）や化粧品が置いてあり、好きなように使っていい。女性社員にとって落ち着く場所である。

「──あ、森若さん」

新しいハンドクリームを手の甲に出していたら、声がかかった。

声をかけてきたのは総務部の由香利である。沙名子がいるのを見つけ、安心したように笑顔になる。

「よかった。さっき経理部に行ったんだけど、いなかったから。ちょっとお話したいと思って。今日、ランチを一緒にしませんか？」

「わたしはお弁当なんですよ」

沙名子が言うと、由香利はうなずいた。

「わたしも今日はお弁当なんです。天気がいいから公園に行きませんか」

由香利はやはり変わったと思う。どこかに自信のようなものがある。少し前までは受け身で、自分から人を誘うことなどなかった。


「森若さん、わたしの……結婚のことについて、聞いてます？　希梨香ちゃんとかから」

公園のベンチに並んで座ったところで、由香利から切り出してきた。

「ええ、まあ……」

「ゾンビ婚だって」

「すっ、すみません！」

沙名子は反射的に謝った。

希梨香はあちこちで由香利がゾンビ婚をすると触れ回っている。聞くたびに頭を抱えたくなるのだが、由香利から指摘されるとは思わなかった。

由香利は慣れた様子でランチナプキンを開いている。そういえば希梨香が、最近はランチをあまり一緒にしないと言っていた。これまでは外食派だったはずだが、変えたのだろうか。

「あのですね、言い訳させていただきますと、けして変な意味で言ったのではなくて。ほら由香利さん、去年にゾンビのコスプレパーティに行かれてましたよね。もしかしたら、ああいったところで知り合ったのかな、と思って。話しているうちについ」

「そうなのよ。あのパーティに一緒に行った人なの。森若さんが言ってたって聞いて、ばれちゃったと思った」

由香利は箸を取り出しながら言った。

ゾンビ婚という言葉を不快に思っていないようで、沙名子はほっとする。

「あのときの写真、インパクトありましたから。消しちゃいましたけど。あの方が旦那様なんですか」

とはいえふたりともゾンビメイクをしていたので顔はわからなかった。仕事のアドレスに何を送ってくるのか、由香利どうしたと仰天したものだった。

由香利はうなずいた。

「あのときはまだおつきあいしてなかったんですけどね。彼はイベントの運営に関わっていて、誘われて行ったの。それで話をしていたら盛り上がっちゃって、一緒に映画を観たりしているうちにつきあうことになって。お互いにいい歳(とし)だし、いちいち会うのも疲れるから、自然に結婚という流れになったんです」

「同年代の方なんですね」

「わたしよりも四つ上です。仕事はアルバイトなんですけどね」

由香利はさらりと言った。

「アルバイト……なんですか」

「ああいう趣味の団体のお手伝いをしているの。あとは同人誌作ったり、サイト運営したり、コラムを書いたり。要はフリーターですね」

「映画の趣味を通じて知り合われたんですか？」

「知り合ったのはマッチングアプリなの。なんとなく登録したんだけど、本当に出会えるとは思わなかったわ」

「マッチングアプリ」

沙名子は言うべき言葉を探した。

――もしかして結婚焦って、ダメ男につかまった？

希梨香の言葉が頭をよぎる。あのときは希梨香の口の悪さに呆れたものだが。

沙名子は恋愛経験が豊富でもないし、心配したり忠告するほど由香利と親しいわけでもない。結婚相手の条件などわからない。沙名子にわかるのは、好きになる人と理想の人とは異なるということくらいだ。

由香利は沙名子の戸惑いがわかったらしい。お弁当に箸をいれながら苦笑した。お弁当は二段になっていて、ごはんの段は卵の薄皮に包まれている。

「別に、親のすねをかじっているわけではないんですよ。彼は、もと銀行員なんです。激務だったので体調を崩して、当時は結婚していたけど離婚になって、早期リタイアしたんです。マンションもあるし、ずっと独身のつもりだったから、アルバイトでのんびりと暮らしていたところだったんですよ。

仕事の声をかけてくれる会社はあって、結婚するからにはちゃんと働くとも言ってくれたんだけど、わたしが止めたの。前に体調を崩した原因は仕事のストレスだったから、また仕事を始めて調子を崩したら、元も子もないので。生活はわたしが働けばなんとかなるし。――それでも言う人は言うでしょうけど。わたしは別に、その人のために生きているわけじゃないから」

特に言い訳がましくもない口調で、由香利は言った。

ベンチの上の木の枝がふわりと揺れる。風があるのでそれほど暑くなく、お弁当日和(びより)である。

「つまり、旦那様が主夫になる……。由香利さんの扶養に入るということですか」

「そうです。彼は家事が得意なんです。料理もうまいし。わたしは家事苦手だから、ちょうどいいかなって。このお弁当も彼が作ったんですよ」

由香利は少し照れくさそうに、食べかけのお弁当に目をやった。

茹(ゆ)でた野菜と、中華風の炒(いた)めもの。ごはんはオムライスで、プチトマトとそら豆が添えてある。栄養たっぷりでおいしそうだ。凝ったお弁当である。

「もう一緒に住んでいるんですか？」

「週末はいるようにしていますけど、行ったり来たりですね。入籍はまだだし、実家のほうでもいろいろあるので。彼のマンションに住むって話もあったんですけど、いい借り手がついたので、新しく部屋を借りました。今は家電とか家具とかを少しずつそろえているところなんです。やることが多くて大変なんですよ。ただでさえ仕事が忙しいのに」

由香利は水筒のお茶を飲みながら、何かを思い出したらしく笑顔になった。

去年の冬に婚活パーティで会ったときとはまったく違うと沙名子は思った。あのときは泣き出しそうな顔で、ぽつんとひとりで立っていた。

婚約者のよしあしはわからないが、由香利が幸せなことは間違いない。愛され、大切にされているのだろう。主夫と聞いて驚いたが、由香利を見ていると自然のことのようにも思える。会ったこともないゾンビ好きの男と由香利が、夫婦として並んでいるところまで想像できる。妙な気分である。

「わたしに話したかったことというのはそのことですか」

由香利はうなずいた。

「希梨香ちゃんが触れ回るから、変な話が出回ってそうで。彼が扶養に入るってこと、経理部には隠しきれないでしょう。誤解されたくないので、その前に森若さんには言っておこうと思って」

「希梨香ちゃんの言うことは、みんな本気では受け取ってないと思いますよ。彼女、男っぽいですから」

「そうそう。男っぽいから仕方ないですね」

沙名子と由香利はなんとなく顔を見交わして笑った。

「希梨香ちゃんから去年、口紅もらったんですよ。よくわからないんだけど突然。そのリップは派手すぎる、これが合いますよって。それ彼と初めて会うとき、つけていったんです。だから恩があるっていうか。希梨香ちゃんてセンスいいし、なんか嫌いになれないです」

「何か持っているんでしょうね。――彼も、映画好きなんですか?」

「好きですね。わたしよりも好きかも。この間の週末、『ヘレディタリー／継承』を観ましたよ。『グエムル—漢江（ハンガン）の怪物—』とどっちにしようか迷ったんですけど」

「新婚にしては怖すぎませんか」

「家庭を持つからにはやっぱり、家族ものかなって」

　正統派のホラー映画を家族ものと言ってしまっていいのか疑問は残るが、そこはつっこまないでおく。

　お弁当を食べ終わっていた。沙名子と由香利はお弁当箱をナプキンで包み、それぞれのバッグに入れてベンチを立つ。

「——わたし、総務課長になるんですよ」

　会社に向かって歩いていたら、由香利がふいに口に出した。

　沙名子は由香利を見た。由香利は目を細めて遠くを見ている。何かと思ったら、天天コーポレーションのビルだった。

「この間、辞令をいただいたんです。あるかもって話は聞いていたけど、いざそのときになったら緊張するもんですね」

　由香利はゆっくりと言った。

「先日の、新発田部長からの呼び出しのときですね」

「そうです。専務と面接をして意欲を訊かれたので、やりますと答えました。総務部員の意見として、天天コーポレーションの労務規定を見直す時期かもしれないと言いました。

いろいろ改革の余地はあるでしょう。合併はいい機会ですよ」

由香利はやはり優秀な総務部員だった。事務処理を的確にするだけではない。口に出さないだけで、内で考えているものがある。

「由香利さんが管理職になるのは、女性社員にとっても心強いと思います」

「そこまで考えているわけでもなかったんだけど。こんなことになるなんて、入社するときには思いもしませんでした。でも定年までこの会社で働くと決めたからには、やれることはやります」

由香利の口調に迷いはなかった。覚悟が決まっているようである。

「彼が、天天コーポレーションはいい会社だと言ってくれたの。彼は銀行で融資担当だったから、いろんな会社を見ているんです。これからはなんでも彼に相談できるから、気持ちは楽なんですよ」

「おめでとうございます。よかったですね」

「森若さんは？」

由香利はさりげなく尋ねた。気にかかっていたのかもしれない。

「主任の辞令をいただくことになると思います」

「そうか。経理部も大変ですよね。お互い誉められることのない業務ですけど」

由香利はほんの少し愚痴めいたことを言った。午後の仕事が待っている本社ビルを眺めながら、沙名子と由香利はひっそりとうなずきあった。

「先日の辞令の件ですが、つつしんでお受けしたいと思います」

経理室に新発田部長が入ってくると、沙名子はすぐに言った。

期限ぎりぎりの金曜日まで引き延ばしたのに意味はない。平社員である時間を、できるだけ長くしておきたかっただけだ。

新発田部長はほっとしたようにうなずいた。

「わかった。女性では最速ということになると思う」

「そのようですね。わたしはこれまで通り、自分の職務をまっとうするだけですが」

「よろしく頼む。勇もいっぱいいっぱいだから、助けてやってくれ」

「はい。こちらこそよろしくお願いします」

デスクに戻ると、真夕が身を乗り出してきた。

「森若さん、主任ですか。やっぱり?」

真夕はなぜか目を輝かせている。

「そう。わたしはこれまでも主任権限を持っていたから、業務内容は変わらないけど」

「いやいやー。正式な権限があるのとないのとは違いますよ。新発田部長も勇さんも、絶対になんかたくらんでますって」

「たくらんでいるとしたら、会社全体でしょうね。そこは利用されないように気をつけるべきだと思います。森若さんなら大丈夫でしょうけれど」

横から割って入ったのは美華である。

美華は仕事中のファイルを閉じ、立ち上がった。

沙名子に向き合い、右手をすっと出す。

「おめでとうございます、森若さん」

意表を突かれた。

沙名子はこれまで、昇進をめでたいもの、喜ぶべきものとして考えたことがなかったのである。

「ありがとうございます」

沙名子は答え、美華の手を握り返した。

# 第二話
# 自分がいないとまわらないと思っているのは本人だけだ！

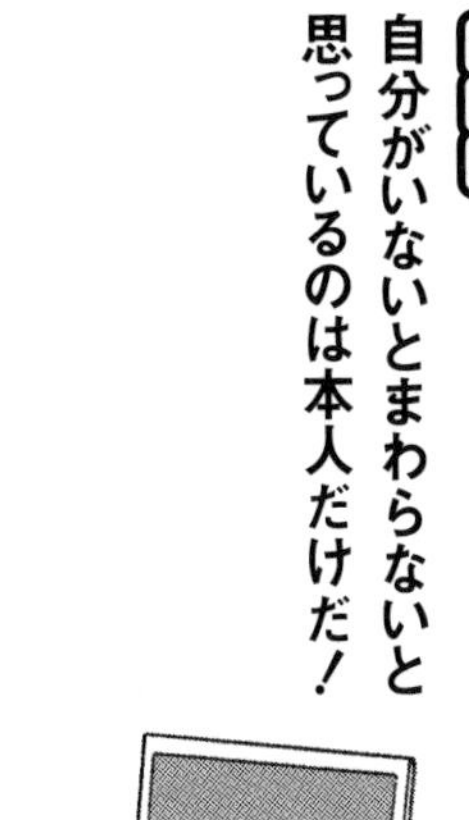

「なるほど……」

経理室の一角で、槙野がつぶやいている。

経理部員共用の、いちばん大きなデスクトップのパソコンの前である。槙野の横には美華、うしろに勇太郎がいる。

槙野徹は天天コーポレーションの経理担当である。

三十七歳――勇太郎と同年代だがそうは見えない。小柄で童顔の男だ。

だが幼いのは見かけだけである。小さな会社とはいえ、ほぼひとりで経理を担ってきただけあって、仕事に対してはそれなりの矜持があるようだ。

槙野は高級そうな腕時計をつけていた。左手の薬指には銀の指輪をし、ワイシャツの首からぶら下がったスマホを、何かのお守りのように握りしめている。

来年度の完全合併へ向け、美華と勇太郎は連日、重いファイルとノートパソコンを抱えて会議をしたり、あちこちと連絡をとりあったりしている。今日、槙野が天天コーポレーションへ来たのもその一環である。

「使用の流れはわかりました。全体のデータベースを見せていただけませんか?」

槙野はモニターを見つめたまま言った。

モニターにはＴＥＮ－ＣＡＳの文字がある。Tenten Corporation Association System

――略して天天かす。天天コーポレーションオリジナルの経理システムである。

沙名子（さなこ）が天天コーポレーションに入社したとき、天かすはすでにあった。社員は自分のデスクの天かすで経理処理をし、それぞれの管理者にまわす。決済を受けたあとで経理データをプリントアウトし、領収書なり請求書なりの現物を添えて経理部員に渡す。このやり方はずっと変わっていない。

「それはできません。個人情報になりますので」

「合併先の経理担当であっても？」

「許可が下りていませんので」

「サンプル画面ならあります。――ちょっと待って」

美華をフォローするように口を出したのは勇太郎である。

勇太郎がサンプル画面を出すと、槙野は慣れた様子でキーボードを操作した。

「なるほど……。うちと似ています。決済方法が少し違いますね。社内ＳＥの方とお話させていただいてもいいですか」

「天天コーポレーションはシステムを外注していますので、社内エンジニアはいません」

美華が言った。苛立（いらだ）っているようだ。

「トナカイ化粧品さんは、社内でシステムを構築しているんですか？」

勇太郎が尋ねた。

「はい。市販のソフトを使って、ぼくが構築しました」

「槙野さんが、ご自身でですか」

「はい。もともとそちらの仕事をしていたので。十年くらい前になりますかね。それまでも各部署で使ってはいたのですが、社員がそれぞれのデスクで入力して、データベースを共有できるようにしたのはぼくです。そのマニュアルは、社内サイトで公開しているものをプリントアウトしたものです。お恥ずかしい出来ですが」

「いいえ、わかりやすいです」

勇太郎は感心し、手もとにあるマニュアルに目を落とした。槙野から渡されたものらしい。Ａ４の分厚い紙の束だ。

槙野の肩書きはトナカイ化粧品の総務課長である。経理のほかにも仕事はあるはずだし、実質五人程度の総務部で、よくそんな煩雑なことをやったものだ。知識がなければできないことでもある。

「うちは弱小なので、外注できる予算がないんです。社員にできることは職務の垣根を越えてやらなくてはなりません」

「これまではそうだった、ということですね。来年度からトナカイ化粧品は、天天コーポレーションの一部門になるわけなので」

美華が口を挟むと、槙野は一瞬、マウスを握りしめた。

そのままモニターに向き直り、天かすの画面をスクロールする。

「うちと似ていますが、細部は違いますね。こっちのほうが面倒です。発注が二度手間だし、無駄があるように思います。請求書の作成なども、日付の条件付けがないのは間違いのもとではないですか」

「地方の小さい温泉などでは、営業部員が直接搬入して、手書きの請求書をその場で渡すことがあります。そのあとで入力することになるので、日付がずれるのは仕方ないんです」

「手書き？　それはどうなんですか。仮にインターネットがなくても、こちらでスタンドアロンのシステムを作ればいいように思いますが」

「それはこれからの課題であって、今のところは現状に従っていただくしかありません。手書きのほうが安心できる方もいらっしゃるようですし、地方の温泉を大事にするのは天天コーポレーションの理念です。うちは……古い会社なんです」

　美華は悔しそうに言った。内心は槙野に賛同したいのに違いないが、一緒になって天天コーポレーションの悪口を言うわけにもいかない。

「わかりました。直したほうがいい部分については、ぼくからエンジニアに連絡させていただいてもいいですか」

「意見があるならわたしに直接ください」

「直接話したほうが早いと思います。どちらにしろ、今トナカイ化粧品が使っているものとのすりあわせが必要になりますし」

「すりあわせるのではなく、トナカイ化粧品さんのほうが天天コーポレーションに合わせていただくことになると思います」

「発注プロセスについては？　変更するなら工場サイドの出荷方法まで変えなくてはならないかもしれません。麻吹(あさぶき)さんは失礼ですが、システムについては不慣れなのでは」

「仮に変更するにしろ、トナカイ化粧品との合併における経理部門の担当はわたしです。飛び越えてやっていただきたくありません。必要な知識があれば勉強しますし、エンジニアの方とも密に連絡をとるので大丈夫です」

　美華の声が高くなった。横から見ていても落ち着けと言いたくなる。

　相手と意見が違ったときにつっかかっていくのは美華の悪い癖である。美人なのだから、穏やかにしていればもう少し雰囲気が良くなるだろうに。

　槙野も見た限り仕事熱心ではあるが、フレンドリーなタイプではないようだ。合併先の会社と対等であるために、あえてこちらのやり方を否定しているようにも見える。

　……愛嬌(あいきょう)という意味では、沙名子も人のことは言えないが。

「わかりました。──あ、すみません。電話」

　電子音が聞こえてきていた。美華がさらに何か言おうとするのを遮(さえぎ)って、槙野はスマホを耳にあてた。

「はい、──ああそれね。この前も言っただろ。いや、まだ合併のことは言わないで。

——うん今、天天さんと打ち合わせの最中。——わかった、会社戻ってやるから。ダメならメールする。岸にもそう言っといて。——じゃ」

数分の間、経理室に槙野のぼそぼそした声が響いた。背を向けて口元を覆っていても聞こえてくる。

「——もういいですか？　よろしければ打ち合わせの続きをさせていただきたいのですが」

終わったとたん、待ちかねたように美華が言った。

「はい、すみません。行きます。——あっと——その前にいいですか。経理部は部長以外だと、ここにいる方で全員ですよね。この際、ほかのみなさんの意見も聞いてみようと思っていたんです。うちの会社の製品ややり方について、何かあったらお聞かせください」

槙野は美華の言葉を流して、振り返って沙名子と真夕を見た。

名刺交換はすませてあるので、お互いの名前は知っている。

半年後には消える、株式会社トナカイ化粧品の名刺をもらうのも妙な気分ではあった。

「——さきほど、経理システムは天天コーポレーションのほうが面倒だと仰っていましたが。トナカイ化粧品はもっと簡略化されているということですか？」

沙名子は尋ねた。

「そうです。といっても一般の社員が経費申請する流れは同じだと思います。急ぐものに対して特例があって、決済に時間がかからないようになっています。特例があるのは天天さんも同じだと思いますが」

「そうですね、うちもあります。槙野さんは、以前は違う会社にお勤めされていたんですね。トナカイ化粧品へ来てからは、ずっと経理の担当責任者だったんですか？」

　槙野は目をすがめた。

「そうです。経理をやりはじめたのはこっちに来てからだけど。十年ってことになりますね」

「総務課長になられたのは？」

「三年前ですが。経理処理の決済権限はぼくだけじゃないですよ。ぼく以外にも若い男性と女性がひとりずついて、担当窓口をやっています。最終的に決済するのは池脇（いけわき）総務部長です。ダブルチェックはちゃんとしています。ご心配なく」

「わかりました」

　槙野は沙名子の懸念を理解している。

　簡略化するということは、チェックが薄くなるということだ。ダブルチェック、トリプルチェックは経理業務の基本である。ひとりですべてをやるのは、そのひとりに悪意がなくても危険だ。十年間となるとなおさらである。

　槙野は三十七歳――ということは、総務課長になったのは三十四歳か。

　小さい会社とはいえ、中途入社にしては早いと思う。レスポンスは明快だが、この数年でトナカイ化粧品の業績が悪化していることを考えると、いちがいに優秀とは言えないような気がする。

「あ、あたしいいですか！　気になってたんですけど！」

じゃそろそろ——と美華が促すのに、真夕が割って入った。

「何でしょうか」

「トナカイさんて、判子使ってますか？」

美華はますます仏頂面になったが、沙名子は苦笑した。真夕はときどき直球を投げる。

槙野は少し考え、ゆっくりと口に出した。

「使っています。各部署でプリントアウトしたものに判子をついて、上司にまわすのが通例です。個人的には、そういうのは古いんで、電子決済のみに移行すべきだと思っています」

「だって気になるじゃないですか。円城格馬専務はペーパーレス推進派で、これからは電子で全部やるようになるって話があるし」

真夕は槙野の手土産のワッフルの箱を開けながら言った。

美華たちは別室に移動している。真夕は袋入りのワッフルをそれぞれの席にひとつずつら律儀に全員に配る。

置いていく。現在、新発田部長は経理室に常駐していないのだが、真夕はお菓子があった

「いずれはそうなっていくでしょうね」

沙名子はハーブティーに口をつけながら言った。仕事中には間食をしたくないので、ワッフルは持って帰ることになる。

「森若さんはデジタル派ですか？　勇さんは、不正防止のために、相手の顔色を見るのも大事だって言ってましたけど」

真夕はワッフルを配り終わり、マグカップに新しいインスタントコーヒーを作っている。テイクアウトのコーヒーでないところを見ると忙しい時期を脱したようだ。誰かが領収書を持って駆け込んでくることもない。こういうときは気楽である。

「ミスの可能性が増えるからね。ミスプリントしたら片方だけ数字が合わないことになるでしょう。手間や保管場所の問題もあるし。地方の温泉地のことは別に考えるとして、不正できないシステムを作ればいちばんいいと思う」

本気で不正をする人は顔色などでは見破れない、と言おうかと思ったがやめた。システムがあったところで、システムを作った人が計画的に何かをやったら、誰にもわからないわけだが……。

ちくりと嫌な感覚がした。

「槙野さんはデジタル派みたいでしたねえ。なんか、判子押すって言ってるとき、嫌そうでしたもんね」

「――真夕ちゃんはどう思う？」

沙名子はそろそろと尋ねた。

真夕は食べかけのワッフルを手に持ったまま、考え込んだ。

「うーん。経理部に来るまでは、印刷したり、判子捺してもらったりするのって余計な手間だと思っていましたけど、けっこういいかげんな人も多いからなあ。いちいち問い合わせるほどでもないけど、口頭だから言えることってあるじゃないですか。これ高すぎませんかとか、なんのために必要なんですかって。それでプレッシャーかけるっていうか、無駄づかいの抑制になっているのかなとは思いますね」

「なるほど……。ということは、デジタルなのは使う側のため、アナログなのは会社側のためにいいということね」

「んー、そうなるのかな」

これ高すぎませんか。必要ですか――。

沙名子は槙野が腕時計をしていたのを思い出した。国産メーカーだが、おそらくそこそこ高級なものだと思う。調べればすぐに出てくるだろう。

……また小姑根性か。

他人の時計の値段などどうでもいい。考える自分にうんざりである。

仮にあの時計が高級品だったとしてもなんだというのだ。

会社の経費で個人の腕時計を買うことなんてあり得ないし、そうだったとしても、合併前のトナカイ化粧品の経費は天天コーポレーションには関係ない。

たとえトナカイ化粧品の平均給与が天天コーポレーションよりも少なくて、この数年は特に業績が良くなくて、あちこちで予算削減をしていたとしても。

槙野のスーツも鞄（かばん）も明らかに量販店のもので、靴はすり切れていた。持ち歩いているノートパソコンは二世代ほど古くて、腕時計だけが浮いているように見えたとしても。そんな人間はどこにでもいる。

トナカイ化粧品の関連の書類にはちょくちょく槙野の名前が出てくる。人事や労務に限らず、開発や製造に関するものまで。自力で経理システムを構築したことといい、何でもできるわりには何をやっているのかわからない男である。

「経理部、そのうち槙野さんが入ってくるんですかね」

沙名子の感覚など気づくはずもない真夕は、ワッフルをぺろりとたいらげ、ファイルを開きながらコーヒーを飲んでいる。

「それはわからないわ。向こうが希望するかどうかっていうのもあるし。トナカイ化粧品の社員については社員全員の希望を聞いて、面接してから配置しなおすみたい。新しい化粧品の部署を作るかもね」

　沙名子は言った。吸収される側の経理担当を、そのまま本社の経理部に入れるかどうかというのは別の判断が必要になると思う。

「あと半年はこういうことが多いと思うわ。もしも異動の希望があるならチャンスかもね」

「あたしはしばらく経理部にいますよ。やっと面白くなってきたところですから」

　真夕は経理部に来たばかりのころ、泣きそうな顔で電卓を打っていたが、最近はすっかり慣れたようだ。数字を面白がれるというのは経理部員の資質のひとつである。

「まさか森若さんはいなくならないですよね？」

「主任になったばかりだからならないと思う。もしも営業に行けって言われたら抵抗するわ」

「森若さんなら営業でもいけそうですねえ」

「絶対に向いてないと思う」

　沙名子は冷めたハーブティーに口をつけながら、勇太郎が置いていったトナカイ化粧品の経理システムのマニュアルを手に取った。

　Ａ４の紙をクリップで留めた束である。表紙には、『トナカイ化粧品　経理ソフト使用マニュアル　一般社員用』とある。パソコンを扱い慣れていない社員のために作ったものらしく、キャプチャーを多用した見やすいものだ。

　沙名子はマニュアルをめくった。槙野が言っていた簡略化された部分、特例というのがどこなのか知りたいと思う。その会社の暗部である可能性がある。

天天コーポレーションにも特殊枠というものがある。今は改善されているが、少し前までは決裁権限が事実上、ひとりの秘書にあった。

「森若さん。スマホどっちにします？　手当か、会社から支給されるやつにするか、もう決めました？」

マニュアルのページをめくっていたら、真夕が話を変えた。

……そうだ。主任になったら、経理部でも会社からスマホの支給があるのだった……。

沙名子は額(ひたい)に手を当てた。

支給といえば聞こえはいいが、ホワイトボードに電話番号を公開し、勤務時間中に電話やメールが鳴ったら出ろということである。ランチや銀行に行っているわずかな息抜きの間、ひとりで集中して考えている時間であっても、その場で対処しなくてはならないということである。

これがいやだから家族にも太陽(たいよう)にも、勤務時間中は連絡するなと言い含めてあるというのに。私用の電話番号とメールアドレスは、経理部員以外には隠し通してきたのに。

「会社用の支給をお願いするわ」

「そうですよね。機種、三種類くらいから選べるみたいです。総務に言えばパンフレット見せてもらえると思うんで、申し込んでおいてください」

真夕は想定内だったらしくうなずいた。コーヒーを飲み干し、パソコンに向き直る。

天天コーポレーションでは社用にスマホを使用するにあたり二種類の選択肢がある。会社からスマホを支給してもらうか、私用のスマホを仕事で使うかわりに手当をもらうかだ。手当をもらう場合は、社用の通信費が手当分を超すときはその分も支給がある。

どちらを選ぶのかは自由だが、手当をもらう人間のほうが多い。太陽もそうだ。手当は基本が月に一万円なので、うまく節約して小遣いを増やしている社員も多いと思う。

しかし沙名子は私用の番号を社内の人間に教えたくない。スマホを公私兼用にしたら、勤務時間外にすら会社の紐がついてしまうではないか。

……スマホの二台持ちか……。

沙名子は友達も少ないし、それほどスマホを見るタイプでもないというのに。荷物が増える。新しいバッグを買わなくてはならないかもしれない。面倒なことである。

打ち合わせ中だというのに、会社からの問い合わせに答えている槙野を思い出した。連絡がつかなければその場にいる人間が考えるだろうに。ボタンを押せば答えが返ってくるから、仕事をやる人間だけがますます忙しくなる。

仕事用のスマホを持つことを言うと、太陽は目を輝かせた。

「――ってことは、沙名子もLINE（ライン）やるんだよな？」

終業後の夜七時、待ち合わせたドトールをさきほど出たところである。太陽はスーツ姿で、ビジネスバッグを持っている。行く先は決めていないが、どこかで軽く夕食を食べることになるのだろう。

お互いの残業のない日に誘いが来るのももう慣れた。最近はロッカールームで太陽からのメールを確認するのが癖になってしまった。

連絡がないとほっとするが寂しいような気もする。あるとわずらわしいが嬉（うれ）しい。まったく恋愛とは面倒なものである。

「社用スマホでLINEをやる必要があるの？」

「必要だって。うちは部内でグループ作ってるよ。重要事項は話さないことになってるけど、待ち合わせとか問い合わせとか、何かあったときに便利だよ。初対面の取引先の人ともすぐ仲良くなれるし」

沙名子には初対面の取引先と仲良くならなければならない理由がわからない。

「業務命令ならやるけど、プライベートのほうには入れないわ。会社支給のスマホでは仕事の話しかしません。たぶん帰る前に電源切ると思う」

「……前から思ってたんだけどさ、沙名子はなんでそこまできっちりしてるの？」

「性格」

「それで終わりかよ。——あ、新作のパラダイスバス出てる。ちょっと見てっていい？最近売り上げいいんだよな。例年、夏は下がるんだけど、今年の新作は風呂上がりにひんやりするって評判で」

太陽は間口の狭いドラッグストアを通りかかると、いそいそと中に入っていった。営業マンの性で、自社製品がありそうな店では確認せずにはいられないのである。

会社とは労働分の報酬を引き出すＡＴＭであって、私生活に入ってこられたら迷惑なのだ——などと言ってもこの男にはわかるまい。沙名子と太陽は仕事に対する考え方が違う。

太陽と並んで棚を眺めながら、沙名子は尋ねた。

「『うるおい天国』の評判はどうなの？」

社内では言えないが、沙名子の愛用している化粧品は天天コーポレーションのコスメブランド『うるおい天国』ではない。メイクにこだわりがない分、あちこちの新作を試し、いろんな化粧品を楽しんでいる。

「うーん。悪くはないけどよくもないって感じかなー。俺、化粧品はわからないんだよね、男だし。入浴剤と石鹸は、うちのが日本で一番質がいいと思うけど」

希梨香が、あたしデパコスも使ってますよと言っていたのを思い出した。『うるおい天国』、保湿はすごくいいんですけど、使用感がパッとしないんですよ。石鹸はいいけど、コスメがダサいのってちょっとね。気持ちがあがらないじゃないですか。

希梨香はメイクが好きなので貴重な意見だと思うが、こういうことを営業部で言うと睨(にら)まれるらしい。海千山千の営業部員たちの中で希梨香はよくやっていると思う。

「珍しいね、沙名子がうちの商品の話するの」

太陽が言った。天天石鹸とパラダイスバスがいい場所に置いてあったので満足そうだ。

「気にかかったの。化粧品の工場のラインをどうするかでもめているみたいだから」

「格馬専務は入浴剤推(お)しだからね。『うるおい天国』に力いれてないんだよ。トナカイ化粧品、製品に自信があって、けっこう強気に出てくるみたいだし。やっぱり羽振りがいいからな」

「トナカイ化粧品て、羽振りがいいの？」

沙名子は驚いて聞き返した。

沙名子は近年のトナカイ化粧品の決算書を見ている。

業績は良くない。三年前までは黒字だったが、この数年で急激に赤字に転落している。去年あたりから持ち直してきているものの、天天コーポレーションとの合併を受け入れた理由は、経営に行き詰まったからだろう。

「そりゃいいだろ。事務所はターミナル駅のそばの新しいオフィスビルだもん。めちゃくちゃ綺麗(きれい)だって。あと担当者が打ち合わせでメルセデス乗ってきたらしい」

「メルセデス・ベンツ？　それは社用車で？」

「社用車かどうかはわからないけど、駐車場で誰かが見たって」

「担当者っていうのは槙野さん？」

「って言ったかな。総務部の、いつもスマホを首から下げてる人。トナカイ化粧品、なんだかんだで売り上げいいんだろうな。うちと一緒になってよかったのかな」

「――ふうん」

沙名子はトナカイ化粧品の棚の前で立ち止まった。

棚の前には手書きのポップがついている。『店長おすすめ！　三十年続く日本のオーガニックコスメ、トナカイ化粧品。使ってみればわかります！』とある。

トナカイ化粧品にコスメラインの名前はない。中心になっているのは洗顔石鹸、化粧水、乳液、美容液。つまり基礎化粧品だ。ボトルは容量の多いプラスティック。洗顔石鹸は色分けされた透明なパッケージにトナカイの模様が描いてあるだけだが、シンプルなのがスタイリッシュといえなくもない。

成分表を見た。石鹸は釜焚(かまだ)き。敏感肌用の化粧水は医薬部外品になっている。効果の裏打ちがあるということである。派手ではないが堅実。天天コーポレーションの理念と合う。『うるおい天国』がどこにあるのかと思ったら、同じ棚の一番下の段だった。値段は同じくらいだが、どうにも優遇されていない、売れていないようだ。

沙名子はトナカイ化粧品の基礎化粧品をいくつか取り、かごに入れた。

「沙名子、トナカイ化粧品買うの？」

太陽は意外そうに言った。

「ちょっと使ってみたくなったの」

「もしかして経費で落ちる？」

「落ちません！」

太陽はあははと笑った。どうやら最近このネタが太陽の中で流行（はや）っているようである。沙名子以外には通用しないぞと言いたい。

紙袋を提げてドラッグストアを出ると、すっかり夜になっていた。星が出ていて気持ちがいい。週末なので、道を歩くスーツ姿の会社員たちの顔もどこか緩んでいる。

「今度、デパート行かない？　何か買ってあげるよ。誕生日プレゼントと、昇進祝いもかねて」

飲食店街へ向かっていると、太陽が切り出した。

「いいわよ、気をつかわなくて。欲しいものがあったら自分で買うから」

沙名子は反射的に答え、これがダメなのだと自省する。

人からものをもらうのは苦手である。何かあげると言われたらつい結構ですと答えてしまう。

去年、太陽からもらったのは猫のマグカップだった。誕生日プレゼントなら沙名子も太陽のリクエストに応えた。あの海老は高かったし、下ごしらえにも時間がかかった。お返しをもらうのに遠慮する必要はない。

太陽はいつも、あれが欲しいこれが食べたいと無邪気に口に出している。沙名子も、はっきりと要求されるのは楽だと感じているではないか。

「……でも、くれるならもらう」

いろいろ考え、振り絞って言ってから、太陽が呆れたらどうしようと思った。

ここはもっとかわいく喜ぶべき場面だ。おそらく適切な言い方があるのだろうが、そんなスキルは持ち合わせていない。前もって教えてくれれば調べておいたのに。

「二十代の最後だし、貴金属はどうかな。会社じゃつけないけど、嫌いってわけじゃないだろ。ネックレスとイヤリング、どっちがいい？」

なぜマグカップからいきなりアクセサリーになる。抜き打ちでハードルをあげるな。

「――どっちかっていったら……ネックレスかな……」

「指輪でもいいよ」

「……………。」

沙名子は太陽の顔を見る。

このあたりが限界である。何のテストだ。どう答えろというのだ。太陽は歴代の彼女に、こんなふうに指輪を贈ってきたのか。

沙名子は動揺し、見たこともない太陽の過去の恋人に嫉妬する。

太陽は沙名子と目を合わせ、にやっと笑った。

「ま、見て気に入ったのにすればいいよね。こういうのはさ」

太陽はあっさりと答え、沙名子を一瞬、抱き寄せた。


「——結婚披露宴」

美月に向かって、沙名子はつぶやいた。

茨城県にある天天コーポレーションの研究所。会議室の一室である。

茨城県の研究所まで約一時間。沙名子は月に一回、研究所の経理担当者と会って報告を受ける。さきほど仕事を終え、一息ついて冷めたお茶を飲んでいたところだった。

美月は開発担当の社員である。同期社員なので、沙名子が研究所に来るときにタイミングが合えば顔を出し、雑談をしていく。

美月の婚約者は、天天コーポレーションの次期社長、円城格馬である。会社にはまだ明かしていないが、沙名子は知っている。

「そう。来年度から正式に社長に就任するから、それまでに全部終わらせたいらしくて。あれこれ考えて二月ってことになったの。都内のホテルでやると思う。会社関係の人とか、部長たちも呼んで大々的に。経理部の子とか一緒に呼んでもいいよ。お祝い要らないから。わたし友達少ないから、賑やかしが足りないのよ」

美月は白衣のポケットに片手をつっこんだまま、ぶっきらぼうに言った。

うつむくと肩にさらりと長い黒髪が落ちる。相変わらずの美髪である。開発室で風呂に入ったばかりなのかもしれない。

「会社の関係者も来るわけね……」

沙名子はつぶやいた。

新郎が経営者なので披露宴が派手なのは当然として、隣のテーブルに幹部社員がいるという席でのお酒はあまりおいしくなさそうだ。吉村部長あたりは社員にお酌をさせたがるかもしれず、ほかの招待客たちも、美月の同期だというので何やら言ってくるかもしれない。結婚式という場ではそっけなくもできない。

美月は申し訳なさそうな顔になった。

「ごめん、森若こういうの嫌いよね。来てもらいたいけど、断ってもいいわよ。二次会からでもいいし」

「何言ってるの。行くわよ。当然でしょ」

沙名子は答えた。

美月の結婚を祝う気持ちは本当である。賑やかしでもなんでも出席する。友達が少ないのはお互いさまだ。

「結婚しても美月の勤務先は研究所よね。住所は？　都内に引っ越すの？」

沙名子は尋ねた。

美月は天天コーポレーションの入浴剤、パラダイスバスのメイン開発者である。季節ごとの入浴剤の企画と、ライフワークでもある温泉入浴剤の開発を並行してやっている。

「たぶん、ここと本社の中間地点に住むことになると思う。どこかにいいマンションがあるみたい。結婚式付近はバタバタするけど、結婚しても変わらないわよ。格馬は家事しなくていいって言ってるし。森若みたいに出世するわけでもないし」

本人にその気がなくても辞令が下りたり、担当部署が統廃合されたりすることもあるわけだが、次期社長の妻であるからにはそのあたりは気にしなくていいのか。格馬は美月にはずいぶん甘いらしいし、家事はひょっとしたら外注か。

格馬と美月が結婚することが社内に知れたら女子社員たちは大騒ぎするだろうが、美月は馬耳東風で仕事に打ち込むだろう。沙名子にとっては変わらないですむことが羨ましい。

「開発室にも異動はあるんでしょう？」

「入浴剤と石鹼はそのままだって。もともと人数少ないしね。わからないのは化粧品のほう。担当の澤田さんが荒れてるわよ。『うるおい天国』、立ち上げからやってるからね」

美月は急に開発者の口調になって言った。

「美月、トナカイ化粧品と『うるおい天国』とどっちがいいと思う？」

　ふと尋ねてみたくなった。

　美月は腕を組み、考え込んだ。

「どっちがいいっていうほど成分は違わない。どっちも高保湿で天然由来成分で、敏感肌でも安心して使えるというのが売りでしょ。同じだったら昔からあるトナカイ化粧品を選ぶ人が多いかもね。格馬には、コンセプトが似てるから、逆に共存できないって言われたわ」

「そうか……。もうそういう話が進んでるの？」

「向こうの開発担当者は何回か来てる。あと別件でこの間、担当者がひとりで来て澤田さんと話してた」

「――槙野さんて人？」

「そんな名前だったと思う」

　……また槙野か。

　化粧品の統廃合の問題が持ち上がっているにしろ、可否は本社で決めるべきもののはずだ。槙野は総務課長であって、幹部社員ですらない。なぜ彼が開発室を訪れる必要があるのか。

　沙名子は腑に落ちないまま、冷えたお茶を飲んだ。

沙名子の隣で美華が、険しい顔をして考え込んでいる。

美華の手もとには何枚かの決算書類がある。これから幹部社員とともに合併に関する会議があるのだが、そのときに勇太郎が提示する書類のもととなったものだ。美華は会議には参加しないが、書類作成に携（たずさ）わっている。

「今日の会議には、槙野さんも来られるのですか？」

沙名子は美華に尋ねた。

「来ると思います。昨夜、メールの返事があったので」

「昨夜？」

「わたしが見たのは朝ですけど。書類の作成をしていて、気にかかったことがあったので夕方にメールをしたら、深夜に返事が来ました」

「何時ごろですか」

沙名子が尋ねると、美華は黙ってパソコンのモニターを沙名子の側に向けた。

槙野からのメールの時間は、深夜の二時四十分になっている。

「これは会社からなんでしょうか」

沙名子は言った。美華はわずかに首をひねる。考えあぐねていることがあるようだ。

「どうでしょうね。家からでもメールを見られるようにしていると言っていたから。もしかしたら自宅かもしれません」

「――自宅ですか」

沙名子はつぶやいた。槙野は既婚者のはずだが。

「それか、家の外か。いつもノートパソコンを持ち歩いていますからね。スマホかもしれません。メールは休日に来ることもありますよ」

「仕事熱心ですよね、槙野さんは」

「森若さん、何か気づいたことがありますか？　トナカイ化粧品の経理について」

美華は沙名子に目をやった。

美華は最近あまり機嫌がよくない。勇太郎とも意見が完全には合っていない。トナカイ化粧品の業務について考えるところがあるようである。

「小さなことなら」

「――なんですか」

美華は真剣な表情で沙名子を見ている。

「トナカイ化粧品の経理システムのことです。マニュアルを見ていて若干(じゃっかん)、気にかかるところがありました。ささいなところですが」

沙名子は答えた。

美華は引き出しを開け、トナカイ化粧品のマニュアルの束を出した。

「どこですか?」

「経費精算をするときに、別会計というボタンがあるんです。一般社員にはなくて、幹部社員のキャプチャーにのみ出てきます。もしかしたら間違えてキャプチャーをとってしまったのかもしれませんが。だとしたら槙野さんの画面ですね」

「――どこ」

沙名子はページをめくり、該当するページを探し出した。

「このボタンの説明はありません。一般の社員の経理処理には必要ないということです。もしかしたら、うちの特殊枠――特別会計と同じような部分で、科目などの入力を簡略化して自動的に決済されるのではないかと思いました。簡略化はいいのですが、決済はどうなっているのかと」

「別会計」

美華は考え込んだ。デスクから別の決算書を取り出して中を開く。

「うちの特殊枠も問題ではありましたが、経理的には間違いではありませんよね。雑費、雑収入として計上して、決算書類の備考欄にも毎年書いてありますし」

「そうですね。トナカイ化粧品に該当する項目はないのですか?」

「精査しなければわからないけど、特殊枠に相当する項目はなかったと思うわ。備考欄にもない。――これは槙野さんに訊いてみたほうがいいわね」

　沙名子は首を振った。

「このことを問い合わせるなら先方に知らせず、抜き打ちでパソコンを開いて確認しなければ意味がないと思います。槙野さんはシステムの作成者なので、こちらに見せる前に、表面上のボタンひとつを消すか、別に適当な役割を割り当てるくらいは簡単にできるでしょう」

「――ボタンを消す？　わたしたちに隠すってこと？　なんのために？」

「そういうことがあるかもしれないと思っただけです」

「森若さんは槙野さんを疑っているの？」

　美華は声をひそめた。近くにいる真夕に聞こえないようにしている。

　美華のレスポンスはストレートにして的確である。沙名子の言わんとすることを察し、考えまいとしていたことまで汲み取って突きつけてくる。

「疑っているわけではありません。ただのマニュアルの画像ですから。作りかけのときにキャプチャーをとっただけなのかもしれませんし、何かの確認のためのボタンかもしれません。いえ、たぶんそうだと思います」

　美華さんが槙野さんに問い合わせたことというのはなんだったのですか？」

「――三年前から、決算書の書き方が変わったように思ったのよ。数字は間違っていないけれど。どうしてなのか気にかかったの」

美華は手もとのファイルから、この数年分のトナカイ化粧品の貸借対照表を取り出した。沙名子も以前に見たものである。

「槙野さんはなんと答えたのですか？」

「それは槙野さんが総務課長になった時期で、それまでの池脇総務部長から、槙野さんが中心になって書くようになったからですって。そう言われれば納得できないこともないけれど」

美華は決算書の数字のいくつかを指し示した。

「この年と前年とで数字が変わっていないように見えるのは、不動産の売却益があるからね。そこを除くと、急激に経費が増えて、売り上げが減ってるの。増えた内容は主に原材料費だけど。業務内容を調べたけど、この時期に何か特別なことが起こったわけでもない。むしろそれまでやっていた企画を打ち切って、人件費と設備費を削減しているのに」

「経営改革をしている――と言っていいくらいですね」

「そう。それなのに、業績は悪化している。やっと持ち直したのは去年からですね」

「そしてせっかく持ち直したというのに、その翌年である今年に、天天コーポレーションとの合併の話をすすめた――ということになりますね」

沙名子は言った。

沙名子と美華は目を見交わすことなく同じ書類を見る。

美華は壁にある時計を見上げた。十四時五十分。あと十分で会議である。

「――勇さんは会議室にいるかしら」

「待ってください。早計です。ほかに何かあるのかもしれません」

沙名子は言った。勇太郎がこの数カ月、円城格馬と会議を重ねていたのを思い出す。特に化粧品部門の採算を気にしていたと思う。たとえ何かがあったとしても、勇太郎がまったく気づかないわけがない。

向かいにいる真夕が怪訝そうに顔をあげている。

「森若さん、みなさん、いいですか？　おそろいのようなので」

そのとき経理室の扉が開き、人が中に入ってきた。

「――お仕事のお邪魔をしてすみません」

経理室の開いたドアから顔を出したのは由香利である。

「由香利さん、どうぞ。――お客様ですか？」

真夕が言った。美華はさりげなく決算書をファイルに挟み、沙名子も仕事をしているふりをする。

由香利は紺色のスカートとシャツを着ていた。課長になってから制服をやめたのである。あえてだろうが、最近、由香利は女性社員たちと少し線を引くようになっている。

由香利に案内されるようにして、うしろから男性がふたり入ってきた。

「こちらが経理部です、どうぞ。森若さんと佐々木さんは初対面ですよね。トナカイ化粧品の戸仲井大悟社長と、総務部長の池脇さんです」

「あ、いいんですよ。そうかしこまらないでください。案内してもらってるだけだから。いい部屋ですね。経理室っていうの。専門の部屋があるんですね。安心しました」

言ったのはふたりの男性のうち、見るからに精力的な、大柄なほうである。

トナカイ化粧品の社長、戸仲井大悟。会うのは初めてだが、写真で見たことがあった。衛生用品の中小メーカーで三十代の若社長という意味では円城格馬と同じだ。格馬と知り合いだったわけではないようだが。

「会議は三時からだったと思いますが」

美華が言った。

迷惑そうなのを隠しきれていない。これから数字を精査しようとしていたところに、当の社長が現れたのである。

「ちょっと早くついたので案内してもらっていたんです。時間が余っちゃって。一回、天天コーポレーションの社内を見てみたかったんですよ。いいですね、自社ビルというのは」

大悟は美華の言葉を気にせずに言った。気さくな性格らしい。

経営者、社長というのはだいたい人間的にも魅力的なものである。格馬も美月の前にいるときと会社にいるときとでは態度が違うらしい。しかし、これから大事な会議を控えているからには内心はどうであるかわからない。

美華は黙っている。ポーカーフェイスになりきれていないが、もとから愛想がいいほうではないので不自然ではない。

「自社ビルといっても古いんですよ。トナカイ化粧品の事務所のほうが素敵です。大きなオフィスビルの中にあるんですよね」

真夕が言った。こういうときに真夕の無邪気さはありがたい。

大悟は笑った。

「いうても賃貸でね。先代が土地を買っていて、自社ビルを建てるつもりで準備していて、その間に一時的に借りたんだけど。なんだかんだで土地のほうを手放すことになっちゃって。いや、あの場所は惜しかったよな、池脇」

豪放磊落（ごうほうらいらく）というのか、大悟はあっけらかんと言った。

大悟のうしろにいるのは、六十代――七十代かもしれない、目をそらしたらすぐに忘れてしまいそうな、小柄な年配の男性である。トナカイ化粧品の池脇総務部長だ。大きな鞄と紙袋を持っている。

「そうですね」

「槙野が絶対に今売れって言って。言うままに判子を捺したけど、もったいなかったです。一等地だったんですよ。で、それで資金繰りがよくなるのかと思ったら、そんなこともなくて。いつのまにか消えてるんですわ。億の金がですよ。いったいどこに行ったんだろうなあって、池脇ともよく話すんですよ」

「──社長、それは」

「トナカイ化粧品、いいですよね。あたしもときどき使うんですよ」

話題がきな臭い方向へ行く前に、真夕が言った。

大悟は真夕を見て目を細めた。

「ええと、あなた、お名前はなんていうんですか」

「あたしですか？　佐々木真夕です」

「佐々木さん。よかった。うちの化粧品を使うのはおばちゃんばっかりでね。佐々木さんみたいな可愛い女性の売り上げを伸ばしていきたかったんです。これからはどっちみち一緒になるんで、もちろん天天コーポレーションの一部として、よろしくお願いしますわ」

「本社の経理部員は田倉さんと、ここにいる方で全部ですか？」

池脇が由香利に向かい、無理やり話を変えた。

「そうです。部長職は、総務部長の新発田が兼務しています」

「そうですか。お手数おかけします。いたらない点もあると思いますが、これからよろしくお願いします」

池脇は沙名子、美華、真夕の顔を順番に見て、深々と頭を下げた。

池脇は古参の社員らしい。大悟の闊達(かったつ)さと比べると対照的な腰の低さである。

「今日は槙野さんはいらっしゃらないのですか?」

沙名子は尋ねた。

あちこちに顔を出している槙野が、担当である経理部へ来るのに社長と一緒にいないのは不自然に思えた。

「槙野なら外にいますよ。一緒に来たんですが、さっき電話がかかってきて。あいつ、肝心なときはいつもこうなんですよ」

社長は言った。同年代だからか、まるで友人のようだ。

トナカイ化粧品はアットホームな会社で、社員同士の仲がいいと聞いている。社長の性格によるのだろう。真夕はつられたようにニコニコしている。

「槙野さんも会議に出席されるんですね」

「そうです。経理部門は槙野に任せきりなので。お恥ずかしいことですが」

池脇が割って入った。

「そろそろ時間です。行きましょうか」

由香利が言った。会議に出席するのかどうかはわからないが、総務課長が合併先の社長と一緒になって笑っているわけにもいくまい。

ふたりが去ってしまうと、由香利は困ったような顔で沙名子に謝った。

「すみません、急に。戸仲井社長が社内を見てみたいと仰って」

「おかまいなく。総務部も慌ただしいですね。合併のすりあわせは進んでいるんですか」

沙名子は尋ねた。

由香利とは趣味が似ているせいか、ほかの社員よりもほんの少し距離が近い。由香利も沙名子に対して同じような感覚でいると思う。

由香利はうなずいた。

「基本方針は決まりました。むしろそのあとの実務のほうが大変です。人事の配置があるので。今、合併先の社員の希望とエントリーシートを提出してもらっているところです」

「経理部を希望している人はいますか？」

企画課だの広報課だのに比べ、経理部は人気のない部署である。いい人材はどこの部署でも欲しいから、取り合いになりそうだ。

「経理部の希望者はいなかったと思います。トナカイ化粧品に経理部はないですからね」

「槙野さんは？　総務部希望ですか」

沙名子は尋ねた。もしも槙野が経理部を希望しているのなら、エントリーシートを読んでみたいと思った。

「槙野さんの希望は見ていないです。提出していないのかな。退職者の中には入っていなかったと思うけど」

「そうですか。いいです、気にかかっただけなので」

沙名子はうなずいて仕事に戻った。

「——はいそうです。すみません。——ええ、今日中に伺います。夜になりますがよろしいですか。——はい」

由香利がいなくなると、エレベーターホールから声が聞こえてきた。スマホで話しているらしい、槙野の声である。

ふと隣を見ると、美華は由香利には目もくれていなかった。槙野の声も耳に入っていないようだ。トナカイ化粧品のふたりがいなくなったとたんにファイルとノートパソコンを開き、猛然と電卓を叩いている。

沙名子が天天コーポレーションの客用駐車場に近寄っていくと、がっしりとした自動車の横に、槙野がいるのが見えた。

黒光りする車体に立体のエンブレム。あらためて見ると、メルセデス・ベンツという車には風格がある。近くにある天天コーポレーションの社用車が小さく見える。太陽が、車を買うなら何にしようと悩んでいる気持ちがわかった。

槙野はスマホを握りしめ、運転席へ向かって体をかがめていた。トナカイ化粧品のマークの入った重そうな紙袋を提げている。

運転席にいるのは池脇部長、社長の戸仲井大悟は後部座席にいる。

池脇部長はまるで大悟の運転手のようだ。これからふたりはオフィスに帰り、槙野だけは別行動をするということなのだろう。

「槙野さん、こんにちは」

ベンツのエンジンがかかり、なめらかに客用駐車場を出るのを待って、沙名子は槙野に声をかけた。

槙野は振り返った。ややぎくりとしたようにも見えた。

「こんにちは、経理部の方ですよね。——ええと、なぜここに」

「森若です。近くに用事があったので、寄ってみたんです。社内の者から、トナカイ化粧品さんはすばらしい自動車で来ると聞いたので。社用車なんですか？」

「そうですね。社長用です。ほかに社用車がなかったので」

槙野はつぶやくように答えた。話をしたくなさそうである。

節税と資産を増やすため、社用車という名目であえて高級車を購入するのは珍しくない。

あるいは組織のイメージアップ、高級感を演出するため。

だがそれは経営が堅調な場合である。トナカイ化粧品は安価な化粧品だし、高級車で取引先に乗り付けたらイメージアップどころか、逆に反発されるのではないだろうか。

天天コーポレーションの営業マン向けの社用車は白の軽自動車である。走りすぎてベタ踏みしてもスピードが出ないと太陽はぶつぶつ言っているが、それがドラッグストアの店員との話題になって、かえって親しみを持たれることもあるらしい。

「ご購入されたのは三年前でしょうか。そのころから経営改革が始まったようですね」

槇野は少し黙った。

「そういえば森若さん、経理部の主任でしたね」

「戸仲井社長から直接お聞きしたんです。不動産を売却されたとか。戸仲井社長は、槇野さんの発案だと仰っていました」

槇野は嫌そうな表情になった。

担当でもない経理部員に、唐突に内情を暴露されたわけだから当然だと思う。

トナカイ化粧品の改革はうまくいかなかった。むしろ業績が悪化した。その結果、三年後に天天コーポレーションに吸収されることになる。

高級車を買い、工場を新設し、豪華な賃貸ビルにオフィスを構えていた状態では、本当に改革をする気だったのかどうかもわからない。

　槙野は総務課長として経営改革にも関わっている。ここは触れられたくない部分だろう。

「――車を買ったのはもっと前です。決算書の内容は、社外では話さないでいてくださると助かります」

「そうですね。守秘義務は守ります」

「資産表も帳簿もすべて田倉さんに渡してあります。何かあったらそちらで聞いてくださ い。ぼくは、これから行くところがあるので失礼します」

「槙野さん。――先日、わたし、トナカイ化粧品を使ってみたんですよ」

　沙名子は去っていこうとする槙野の背中に、もう一度、声をかけた。

　槙野の足がぴたりと止まる。

　ゆっくりと振り返り、沙名子に目をやる。

「――どうでしたか」

　うかがうように槙野は尋ねた。

「とてもよかったです。これまで使ったことがなかったけれど、また使いたいと思います」

　沙名子は言った。

　槙野は表情を緩めた。

「そうでしょう。とくに化粧水の評判がいいんですよ。三十年のロングセラーです。ずっと使っていて、なくなったら困る人がいっぱいいます。うちの大事な商品なんですよ」

槙野はほっとしたように笑った。

初めてこの男の笑ったところを見たと思った。笑顔の卑しくない男はいい。

「そう思います」

沙名子は思わず微笑み返した。


経理室に戻ると、ホワイトボードに向かっていた美華が沙名子を見てきぱきと告げた。

「急だけど、明日出張することになりました。森若さん、留守番お願いします」

終業時刻を過ぎていた。真夕はもう帰っている。会議終了後に別の会議をしていたらしい。美華のデスクには開いたままのノートパソコンと、何冊かのファイルが積んである。

勇太郎が経理室に入ってきて、デスクにどさりと書類を置いた。

機嫌はよくない。パソコンの電源を入れ、鍵のかかる引き出しから新しいファイルを取り出す。

「どちらに？」

「神奈川のトナカイ化粧品の製造工場と倉庫です。開発部の澤田さん、製造部の鈴木さんも一緒に行きます。早く終わったら戻るけど、どれだけかかるかわかりません。何かあったら勇さんの携帯に連絡してください」

美華はホワイトボードに、トナカイ化粧品神奈川工場、帰社時間未定と書いた。

勇太郎は立ったままファイルの書類を眺めている。これから残業するらしい。

「何かあったんですか?」

「確認です」

沙名子はこういう状態になった美華を知っている。正義の鉄槌(てっつい)を下す女神。誰にも止められない。

「先方の社員は同行されるのですか? さきほど槙野さんにお会いしたのですが、出張のことは知らないようでした」

「こういうことは知らせたら意味がない、と言ったのは森若さんですよ」

美華はきっぱりと言った。

「トナカイ化粧品さんにはまだ言っていません。今日の夜に電話で申し上げる予定です。槙野さん自身が深夜に連絡をしてくる方なので問題ないでしょう。同行するというのなら止めませんが、来なくても行きます。――そういうことですよね、勇さん」

「――そう。大したことじゃない」

勇太郎はつぶやくように答えた。

抜き打ちに近い状態で合併先の工場へ行くのが、大したことでないわけがない。

会議中かそのあとに、トナカイ化粧品の製造工場と倉庫で確認をしなくてはならないことが出てきたということである。おそらく美華が指摘したのだろう。トナカイ化粧品の側は気づいていない。

「勇さん、今日の会議の資料、わたしにも見せていただけませんか？」

沙名子は勇太郎に言った。

美華が眉をひそめた。

「どうして」

美華が何か言おうとする前に、勇太郎が尋ねた。

「気にかかることがあって。おそらく杞憂だと思いますが。できるなら、トナカイ化粧品の近年の決算書と帳簿も」

勇太郎は怪訝な表情になった。

美華が口を開きかけるのを手で制し、ファイルから何枚かの資料を外す。

「部外秘だから今ここで見て。コピーをとらないで。気づいたことは俺に、口頭で教えてください」

「はい」

沙名子は書類を受け取り、電卓を引き寄せて集中する体勢をとった。

トナカイ化粧品が入っているオフィスビルは、天天コーポレーションの最寄り駅から数駅離れた、ターミナル駅の近くにあった。

夜の十時をまわっていた。いるはずがないと思いながらビルを見上げ、名刺の住所にあった五階にまだ明かりがついていることを確かめると、沙名子はかすかに息をついた。いなければよかったのに。

沙名子はゆっくりとスマホに名刺の電話番号を押す。

社用のスマホでかける最初の相手が、槙野になるとは思わなかった。

『はい、槙野です』

「夜分遅く申し訳ありません。天天コーポレーション経理部の森若です。——今、社内にいらっしゃいますか?」

スマホからはかすかなざわめきが聞こえてくる。残業しているのは槙野だけではないようだ。

『森若さん、駐車場でお会いしましたね。ぼくは社内にいますよ。何かご用でしょうか。田倉さん——麻吹さんから何か? 明日のことですか?』

槙野は明日、勇太郎と美華とともに工場に行く。つい先ほど、沙名子が会社を出る少し前に勇太郎が電話で伝え、槙野はすぐに、ぼくも一緒に行きますと答えた。

何事に対しても行動が早いのは槙野の美点だと思う。

「いいえ。個人的に確認したいことがあるんです。麻吹さん、田倉さんには伝えていません」

槙野は少し黙った。

断ってくれと沙名子は願う。話を打ち切って、メールでお願いしますと言ってくれ。

槙野が少しでも迷惑そうなそぶりをしたら、すぐに切る。忘れる。それでオールクリアだ。沙名子はいちばん早くきた電車に乗って、夜食の献立を考えながら帰路につくだけだ。

『近くにいらっしゃるんですか』

槙野の声にはかすかに怯えのようなものがある。

「はい」

『――じゃ、五階にあがってきてくれますか。ご足労おかけします。今、総務部員に引き継ぎをしていたところなんです』

なぜこの時間に、課長が部員に仕事を引き継ぐ必要があるのか。

沙名子は広いエントランスの絨毯を踏みしめ、オフィスフロア行きのエレベーターに乗る。

新しいオフィスビルは天井が高く、贅沢で美しかった。黒光りする高級車同様、素朴なトナカイ化粧品とは合わない。

トナカイ化粧品のオフィスは雑然としていた。

五階の中ほどにある部屋である。沙名子が通されたのは、入ってすぐのソファーとテーブルの席だ。フロアの半分は電源が落とされ、明かりがついているのはソファーのまわりと、少し離れたひとかたまりのデスクだけである。

残りは営業部や製造部の席だろうか。壁ぎわにたくさんのダンボールやファイル、ポスターやサンプルの残りなどが置かれている。天天コーポレーションの営業部のフロアと比べても格段に物が多い部屋である。

デスクには槙野以外に若い男性がいた。スーツではなく、カジュアルなシャツとパンツの姿である。

「──あとはまたやるから。岸くんもう帰っていいよ。片付けはぼくがしておくから」

「はい」

岸と呼ばれた男性は、不安げな表情で沙名子を見た。帰るかと思ったらしばらくして、冷たいお茶の入った湯飲みをふたつ、不器用に置いていった。

「じゃ俺、行くんで。槙野さん、明日出張ですよね」

「ああ。遅いから気をつけて」

「槙野さんも。少しは休んでください」

槙野は若い社員に慕われているようだ。そのことに沙名子は複雑な気持ちになる。誰かに利用されているわけではない。すべては槙野の意志だし、むしろ槙野は他人の意欲を利用している側だ。

沙名子は槙野とふたりきりになった。

明かりが半分落ちているせいか、明るい雰囲気ではなかった。深夜残業中であっても明かりくらい全部つければいいのに。

「――すみません、狭くて。合併が決まってからごたごたしているものですから」

槙野は沙名子の視線を隠すように、パーテーションをソファーの横に広げた。

「いえ。急に思い立ったので。お忙しいところ申し訳ないです」

「普段はぼくひとりで残業しているんですけどね。明日、出張が入ったものだから。天天コーポレーションさんも突然なんで、びっくりしちゃいますね」

冗談めかして言っているが、槙野も経理担当なら、経理部員が抜き打ちに近い状態で工場と倉庫へ行くということの意味をわかっているはずである。ぎりぎりになって連絡を入れたのは形式、万が一何もなかったときに、あとから責められないためのエクスキューズだ。

決算書にあった数字が正しいかどうかは、物理的なものを生産するメーカーであるならば、確認するのは簡単である。倉庫にある在庫を数えればいいのだ。

「こういうとき、携帯がなかったらいっそ楽なのでしょうね」

沙名子は言った。半分は本音、半分は嫌みだ。

仕事が終わったら社用スマホなんて切ればいい。よほどのことでなければ連絡もするなと思う。さきほどの男性も、帰宅後に呼び出されたのなら迷惑な話である。

槙野は苦く笑った。

「本当ですね。おかげで明日の用事がすべて飛んじゃったんで、慌てて引き継ぎの書類を作っていました。ぼくがいない間に何を訊かれても大丈夫なように」

「工場の案内でしたら、何も槙野さんが行かなくても。製造部か営業部の方にお任せすればいいのではないですか？」

「そうもいきません。製造部の人間には経営のことはわからないですし、失礼があっては申し訳ないので」

「今回の出張は、経営に関すること、と思っていらっしゃるわけですね」

槙野は沙名子を見た。

真剣な目をしていると思った。この目をどこかで見たことがある──と思って、思い出した。ドラッグストアにいる太陽だ。太陽はドラッグストアの中で天天石鹸がどの位置に置かれているか確認するとき、笑っていても真剣だった。

あるいは決算書を見る美華、実験を繰り返す美月、給与計算をする真夕も、労務改革を考える由香利も、企画会議で発言をするときの希梨香も、こういう表情をしているのだろう。

「――そうじゃないんですか」

怯えたような声で、槙野は言った。

「わたしにはわかりません。わたしにわかるのは、資産表、決算書にあることだけです」

沙名子は言った。

どう話を切り出すべきか迷っていたら、槙野がゆっくりと口を開いた。

「――粉飾ではありません」

沙名子を見つめ、絞り出すように槙野は言った。


粉飾――。

沙名子の体から力が抜ける。

やはり槙野は、わかっていたのだ。

粉飾決算などという言葉は、できれば一生聞きたくない。口にしたくもなかった。

槙野はまっすぐに沙名子を見ている。目をそらすかと思ったらそうではなかった。

「森若さんが疑われるのはわかります。田倉さんからも質問を受けましたし、わかる人が精査すれば不自然だと思うでしょう。池脇さんは大丈夫だって言ったけど、数字はそんなに甘いものじゃない。

でも、今期決算書の数字は正しいです。前年も、その前も。工場と倉庫を見ていただければ証明できます。ぼくは、今の段階で在庫確認が入ったのは、かえってよかったと思っているんです」

「そうですね。わたしも、今期の決算書は正しい。少なくとも三年前までの帳簿は正しいものだと思っています」

沙名子は答えた。

今期決算書の数字は正しい、と槙野はうっかり口を滑らせた。

つまり、今期以前に、正しくない決算書があったということである。

「三年前——」

槙野は自分の失言に気づいたらしく、しまったという表情をした。

「わたしが申し上げたいのは、槙野さんが総務課長になる以前のことです。戸仲井社長が就任されて、池脇総務部長がひとりで決済していたときに、失礼ながら不明な点がいくつかあるようです」

沙名子はゆっくりと言った。

トナカイ化粧品は、三年前までの数年間、帳簿をごまかしていた。——証拠はないが、おそらく循環取引を行っていた。美華が何かで席をはずしたとき、勇太郎はそう言った。ほんのささいなことを付け加えるような調子で。

三月決算の場合、四月に入金するはずの取引を三月分の売り上げ、または三月に出金するはずの取引を四月分の経費として計上する。帳簿上は資産が増える。入出金は実際あるわけなので、虚偽記載ではない――という言い訳は立つ。

しかしその時期の決算を乗りきれても、翌年の分の資産は落ちる。当然ながら。

黒字を保ちたいなら次の決算のときに同じことをやらざるを得なくなる。最初は少額でも、日付をずらす以外の誤記載はしていなくても、経営状態によってはどんどん額が増えていく。

トナカイ化粧品が急に赤字に転落したのは三年前だ。このタイミングで経営方針を改め、誤記載をやめたのだろうと勇太郎は言った。最初は経営が危ぶまれるほどの赤字だったが、三年間で持ち直してきている。試算を重ねて大丈夫だろうと踏み、天天コーポレーションは合併に踏み切った。

やがて、槙野は諦めたように声を絞り出した。

「うちは……ギリギリなんですよ……」

槙野は両手を握りしめ、うつむいた。

「そのようですね。売り上げは悪くないのに、圧迫している科目があるようです。地代とか」

沙名子は言った。

総革張りのソファーは柔らかいのに居心地が悪かった。槙野はまるで自分のことのように会社の心配をしている。この男を責めたくない。

「このオフィスに引っ越したがったのは社長です。自社ビルを建てるまでの間だからと言って。賃料が高いから大丈夫かなと思ったんだけど、そのころはぼくは課長でもなかったし、うちは業績がいいと思っていたので、何も言えなかった。昔は工場の近くの、古いビルの中にあったんですよ。あのままだったらなんとかなったかもしれないけど……」

「池脇総務部長は、止めなかったんですか」

「池脇さんは、裏帳簿を」

槙野は言いかけて言葉を飲み込んだ。

沙名子は横を向く。今の言葉は聞いていないことにする。

「――紙の帳簿を、いまだに使っているんです。池脇さんの前は、先代の奥さんが片手間に帳簿をつけていたと聞いています。だから経理の体制が整っていなくて。ぼくが入社してから見直しをしたんだけど、別にルートが残っていたんです」

「別会計――と呼んでいるものですか」

槙野ははっとしたように沙名子を見た。

「マニュアルの画像で見ました。あれがなんなのかわからなかったけど」

「ああ――あれか……」

槙野は諦めたように自嘲した。

「マニュアルを作ったときは、まだそういうのを知らなかったから。……そうか、画像が残ってたんですね。ばかだな、ぼくも。忙しくて、訂正する暇もなかった」

「あのボタンの行く先はどうなるんですか」

沙名子は槙野が投げやりになっているうちに畳みかけた。

「行き先はありません。紙ですよ、今でも紙の帳簿なんです。システムを作るときに入力方法を整えたけど、池脇さんは何度言っても別会計の記帳方法を変えてくれなかった。いい人だけど社長のいいなりで、判子ひとつでいくらでも経費を使えてしまうんです。当時のぼくの力では、どうにもならなかった」

「その、紙の帳簿を見せていただくわけにはいきませんか」

「三年前に、帳簿の誤記載を修正した上、経理システムに移行して処分しました。――いえ、すみません。ぼくの勘違いです。そんなものは存在していません」

槙野は首を振って言い直した。目の前の湯飲みを取り上げて飲む。

嘘だと思う。処分したというのも嘘だ。帳簿というものはそうそう処分できるものではない。池脇のようなタイプならなおさらだ。

沙名子は追及しなかった。勇太郎が注意深く使わなかった、美華に気づかせないようにしていた言葉がいくつかある。槙野が存在しないとはっきりと言ったのは幸いだ。裏帳簿があるなどと槙野が認めたら、勇太郎に言わないわけにはいかなくなる。

沙名子が勇太郎から借りて読んだ資料のひとつに、過去の粉飾——ではない、誤記載を、巧妙に修正した決算書があった。数字はすべて合っている。不自然だったのは美華が気づいたとおり、この三年と、それ以前の経理のパターンとが違っていたからだ。まるで経営理念が変わったかのようだった。

「わかりました。どちらにしろこの三年は、赤字であるものの、数字に不審な点はありません。だからこそ天天コーポレーションは合併に踏み切ったわけです。

槙野さんが課長になって健全経営に戻ったのですよね。槙野さんは体制を立て直し、総務課長としての役目を果たしたのでしょう。それは誇っていいことだと思います」

沙名子は言った。

槙野には会計の能力がある。経理の観点から経営に携わり、ずさんだった部門を健全経営の方向に導いている。経費の削減はしているが、化粧品の質が落ちたわけでもない。

「——そう……なるのかな。頑張ってきたつもりだけど、これでよかったのかどうか……。今になって考えてしまうんですよ。もっと別のやり方があったんじゃないかって」

槙野はひとりごとのようにつぶやき、ソファーに背中をもたれさせた。

首からさげたスマホがだらんと揺れる。疲れているのか、とりつくろうことを忘れているようだ。シャツには皺が寄り、前髪が乱れて額に張り付いているが、スマホに向かって頭を下げているときよりも男ぶりはいいと思った。

「三年とちょっと前——総務課長になったその日に、池脇さんから申し送りと相談を受けました。ショックでした。それまでもおかしいとは思っていたけど、頭をぶん殴られたみたいでした。そのための抜擢だったのかと思いました。

それから必死になって勉強して、誤記載を改めて、いろんなものを解約したり、不動産や社用車を売ったりしました。製品の質だけは落としたくなかったから。特に一年目は苦しかったです。社長にケチと言われるくらい、削れるものはなんでも削りました。ぼくが営業もしたし、製造機械を値切りにも行きましたよ。

でもぼくは経理はできても経営のプロじゃない。そこまでが限界でした。

天天コーポレーションとの合併の話を聞いて、社長に決断を促したのはぼくです。トナカイ化粧品を残すためには、これしか手段がなかった。社長はあまり……よくわかっていないようでしたが」

「戸仲井社長は槙野さんをかわいがっているようでした。仲がいいんですね。池脇総務部長もですが、社員同士の結束の固い会社だと思いました」

「小さい会社ですからね。社長はそういうのが好きなんです。気のいい人なんですよ。いわゆる同族会社の二代目というやつです」

槙野は少し寂しそうに笑った。

ワイシャツの袖をめくり、左手につけている腕時計に目を落とす。

「この時計は社長からもらったんです。結婚したからにはいい時計をつけろって。そういうことを社員全員にする人なんですね。もっとパッケージにこだわって、広告を打って、派手な会社にしたかったんだと思います。そのためには社員が縮こまっていたらダメだって。車を買ったり、都心のオフィスに引っ越したり……。どんどん新しいことをしたがって、それで経営が傾いたんだと思います。

そっちのほうがよかったのかな。守るんじゃなく、攻めてみるべきだったのか。ぼくは余計なことをしたのかもしれません。今考えても、どうしようもないことですけど」

槙野は自嘲した。言葉を切り、湯飲みに手を伸ばす。

残りのお茶を一息に飲みほすと、表情を引き締めて沙名子に向き直った。

「明日の出張は問題ないです。工場も倉庫も。在庫はすべて合っていますし、どこをどう見られても恥じるところはありません。そうするために頑張ってきたんです。むしろ見ていただきたいくらいなんですが、三年前の誤記載が原因で、合併が取り消されるということはあるんでしょうか」

「田倉さんはわたしが気づくようなことを見逃す人ではありません。気づいたことは幹部社員にも報告してあると思います。そのうえで会社の経営方針として、合併の判断をしたわけです。

天天コーポレーションは化粧品の部門が弱いので、統廃合を含めていろんな選択があったと思います。トナカイ化粧品と合併することを選んだのは、トナカイ化粧品の製品の質を評価した結果だと思います。最近の決算書の数字が正しいということは、明日、工場と倉庫を確認すれば証明できる。それで終わると思います」

沙名子は言った。

美華は真実に忠実である。数字の在庫と実際の在庫の数が合えば納得する。自分が間違っていたことは認める。

「それは……よかった」

槙野は安心したようにスマホを握りしめた。何かあったらスマホを握る癖がついているようである。

「天天コーポレーションには、『うるおい天国』というラインがありますよね。共存できるんでしょうか。トナカイ化粧品の名前は、消えてしまわないですよね？」

「それはわたしにはわかりません」

沙名子は答えた。

槙野は自社の製品を愛している。社長よりも愛着があるかもしれない。開発部にわざわざ行ったのも存続を訴えるためだと思う。

美月の口ぶりでは、『うるおい天国』を廃止し、トナカイ化粧品を存続する方向に傾いているようだったが、それは沙名子には言えない。そのことを言いに来たわけでもない。

「槙野さん、会社をお辞めになるつもりなんですか」

沙名子は尋ねた。

槙野は沙名子に目をやった。

「──わかりますか」

「合併後の配属希望とエントリーシートを提出されていないと人事課から聞きました。仕事の早い槙野さんにしてはおかしいなと思って」

「なんていうかな……。疲れてしまってね」

槙野は否定しなかった。唇だけで笑う。

「ぼくはもともと経理の専門家ではありません。なんとなく会社に入って、つぎはぎの勉強をして、ここまで来てしまった。ここらでちょっと、仕事から離れたくなったんです。あと、会社がこんなことになってしまった責任もあるかな。合併をすすめたぼくが、のうのうと天天コーポレーションで働くというのもよくない気がして。けじめみたいなもんですね。

妻に話したらそのほうがいいと言われました。今は、合併のあれこれがあるから辞められないけど。明日、天天コーポレーションさんに工場と倉庫をすべて見せ終わったら、具体的に考えるつもりです」

妻は辞めたほうがいいと言うだろう。槙野は顔色がよくない。おそらく深夜や休日に、自宅でも仕事をしているのだろう。毎日のように残業をして、有給休暇もとっていないかもしれない。休日出勤も頻繁（ひんぱん）にあるのかもしれない。

あちこちで聞いた槙野の仕事ぶりを思い出し、沙名子はげんなりする。

辞めたいなら今辞めろと思う。合併のあれこれなんて誰かがやる。自分がいないとまわらないと思っているのは本人だけだ。

社長が時計をくれたからなんだというのだ。どんなに自社製品を好きであろうと、大切にしてくれない会社に奉仕する必要などない。槙野なら転職先もすぐに決まるだろう。

「決められたのなら引き留めませんが、決断されていないのなら、いくつかお知らせしたいことがあります」

「なんですか」

「天天コーポレーションの基本給です」

沙名子はバッグから電卓を取り出した。

テーブルに置き、数字を打つ。本革のソファーは座り心地がよすぎて打ちにくいが、慣れた道具を扱っていると落ち着いてくる。

「トナカイ化粧品は人件費を削減されていますよね。ご存じだと思いますが、天天コーポレーションのほうが給与水準は高いです。当社の三十七歳事務職の平均はこの程度です」

沙名子は電卓を槙野へ向けた。

槙野がつられたように身をかがめて電卓の数字を見る。

数字を読んだのを確認してから自分のほうへ向け、別の数字を打ち直す。

「仮に一カ月で二十時間の残業をしたとすれば、この数字になります」

「……二十時間ということはないでしょう」

ふたたび電卓を向けると、槙野は数字を見たままつぶやいた。これまでの実情がわかろうというものである。

「合併先の会社の社員には別の基準ができるでしょうから、この通りにはならないかもしれません。でも少なくともサービス残業はないと思います。有給休暇も取れます。わたしはすべて取っています」

「――すべてですか」

「もちろん忙しくない時期に、仕事の調整をした上でですが。取らない理由はないでしょう。仮に槙野さんが今年の有給休暇を使っていないのなら、二十日間は休めることになりますね」

アットホームな職場ほど有給休暇を取りづらいのは不思議なものである。

沙名子は退職した新島総務部長のことを今さらながら思い出す。

新島部長は天天コーポレーションの経営の初期から総務に携わった男である。いい会社、模範的な企業を作り上げたと言っていた。同族経営の中小企業で、経営理念が古くさいわりに働きやすいのは彼がドライな性格だったからだと思う。少なくとも天天コーポレーションでは、社員が社長から個人的な贈り物をもらうことはない。

新島部長はいい幹部社員だった。人材というものを冷めた目で観ていた。感謝はしないが、地獄で会ったら挨拶くらいはしてやってもいい。

槙野は吸い寄せられたように電卓を見つめている。さきほどまでの投げやりな様子ではない。瞳に別の興味が宿りはじめている。

「槙野さんは現在、仕事に忙殺されていて合併後のことを考えられないのではないかと思います。退職を決断される前に、この数字だけお伝えしておこうと思ったのです」

「森若さんはわざわざ、そのことをぼくに教えに来たんですか」

「優秀な人材は天天コーポレーションに入ってきてほしいので」

優秀で責任感の強い働き者だったらなおいい。面倒な仕事はすべて丸投げできる。忙しいときにもけして逃げず、休みを返上して働いてくれることだろう――などとは槙野には言えない。

ともあれ伝えるべきことは伝えた。あとは槙野が判断することである。

「――天天コーポレーションさんは、ホワイト企業なんですね」

電卓をバッグにしまっていたら、槙野がぽつりと言った。

「そうですね。スマホの手当も出ますよ」

沙名子が付け加えると、槙野ははっとして顔をあげた。

やはり槙野のスマホは私用だったか。

そうだろうと思っていた。トナカイ化粧品の通信費に、社員の回線の科目はなかった。特別手当の一覧に通信手当もなかった。

「それは、ありがたいな」

槙野はあらためてつぶやいて、胸もとのスマホを握りしめた。

蛍光灯の明かりに照らされて、槙野のスマホの壁紙が見えた。槙野と、ボーダーの服を着た女性と、三歳くらいの男の子である。三人はスマホの小さな画面の中で、ぴったりと寄り添って笑っている。

……そういうことか。

不死鳥は何度でも蘇る。これが槙野の原動力だった。いちばんの疑問が解けた。

沙名子は急にうしろめたい気持ちになり、槙野のスマホから目をそらした。

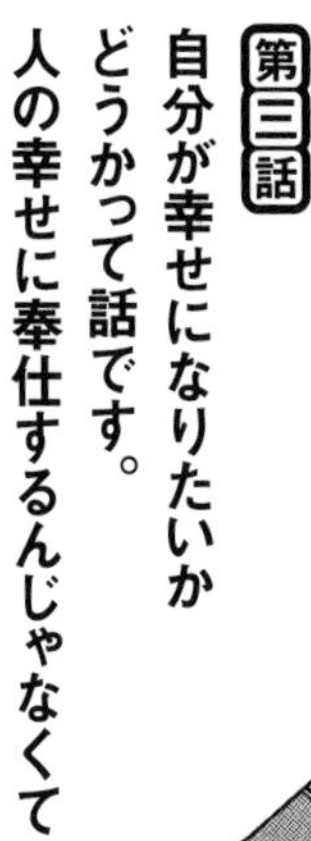

# 第三話

# 自分が幸せになりたいか
# どうかって話です。
# 人の幸せに奉仕するんじゃなくて

「――森若さん、いいですか？」

沙名子がデスクで仕事をしていると、室田千晶が経理室に入ってきた。肩にかかる髪はまっすぐでつやつやしている。一見ナチュラルだが、メイクにも髪にも手がかかっているのは見ればわかる。広報課らしい、はきはきとして人当たりのいい女性だ。

美華は銀行、勇太郎は遅いランチ休憩をとっていて、経理室にいるのは沙名子と真夕だけである。

「はい。伝票ですか？」

「それもあるんですけど、新しい人をご紹介しておきたいと思って。森若さん、まだ橋口さんと会ってないですよね」

「ショールームの新しい人ですね。入ったということは聞いていました」

千晶のうしろにはおとなしそうな女性が立っている。彼女が千晶の後釜らしい。

千晶はショールーム担当の契約社員だったのだが、十月から中途採用で広報課の正社員になっている。天天コーポレーションの正社員になるのは千晶の念願であって、決まったときは嬉しそうに報告に来たものだ。

千晶はにっこりと笑って、女性を紹介した。

「橋口優芽さんです。まだ経理ページができていないので、それまではわたしの名前で申

自分が幸せになりたいかどうかって話です。人の幸せに奉仕するんじゃなくて

請することになっています。優芽ちゃん、こちらが経理部の森若さん。広報課の担当者だから、伝票は森若さんに出してね」

「はい。——これお願いします」

優芽は手に持った伝票を差し出した。

二十代後半——千晶や沙名子と同年代か、少し下くらいだと思う。紺色のニットに黒いスカートをはいている。ショートカットに大きめの眼鏡をかけ、メイクは薄くてほとんど色がない。理系の大学院生のようだ。

「お願いしますじゃなくて。初めてなんだから、ご挨拶して」

千晶が呆れたように促した。

「橋口優芽です。よろしくお願いします」

「すみません、森若さん。優芽ちゃん、入ったばかりだから頼りなくて。うちに来る前は派遣社員をやっていたんですよね」

「——ええ、まあ」

「まあじゃなくて。もう心配だなあ」

「伝票はOKです。ショールームの飾り付けの経費ですね」

沙名子は領収書をざっと確認しながら言った。

ショールームは天天コーポレーションのビルの一階にある一室である。殺風景な部屋だ

ったが、千晶が契約社員になってからインテリアが様変わりした。今では社員が取引先と打ち合わせをしたり、コーヒー休憩をしたりする部屋になっている。隣が喫茶店なので、頼めば飲み物を運んでくれるのである。

千晶は契約社員ながら、ショールームを使った会社のイメージアップに熱心に取り組んでいた。正社員になったのは、その成果が認められたからだと思う。

領収書はショールームのハロウィン用の飾りである。全部足しても一万円程度だし、経費として落とすのに問題はない。

「千晶ちゃんはもうショールームの仕事はしないの？」

真夕が尋ねた。

真夕は二年前まで広報課にいたので、千晶と仲がいい。

「はい。ショールームは優芽ちゃんに任せて、わたしは広報課の仕事に専念します。早く慣れたくて。先週も、織子(おりこ)さんと一緒に名古屋(なごや)に行ったんですよ」

「ってことは、千晶ちゃんもテレビに出るの？」

「まさか、そこまでは」

千晶は笑ったが、まんざらでもなさそうである。

千晶の上司である皆瀬(みなせ)織子は広報課の仕事のほかに、入浴剤や石鹸(せっけん)の専門家としてテレビの情報番組に出演することがある。天天コーポレーションの広告塔であり、一番の有名

自分が幸せになりたいかどうかって話です。人の幸せに奉仕するんじゃなくて

人だ。

美貌と話の面白さからタレントのように扱われることもある。織子がテレビに出ること
は天天コーポレーションの宣伝にもなるので、会社としては歓迎している。

「織子さんは課長になられたので、仕事の分担を考えているんだと思います。わたしなん
てまだ、織子さんの足下にも及びませんけど」

「いやー、千晶ちゃんなら織子さんの後を継げるよ。すごいなあ」

「だったらいいんですけど」

「ではこれからは、ショールームに関することは橋口さんが窓口になるんですね」

沙名子が尋ねた。

「——ええ、まあ……。そうですね」

優芽がゆっくりと答えた。

「まあじゃなくて。——もう本当にすみません」

千晶が珍しく強い声を出し、優芽はあいまいに頭を下げた。

「優芽ちゃんかー。プレッシャーきつそうですね。千晶ちゃん、厳しいですからね」

「厳しい？」

沙名子は聞き返した。

意外である。

千晶は謙虚なタイプだ。はきはきしているが物腰は柔らかくて、こういう女性が接客に向いているのだなと沙名子はひそかに感心している。

一回、泣かれたときは辟易(へきえき)したけれども。それにしても厳しいというイメージはない。

「真夕ちゃんが広報課にいたときは厳しかったの?」

沙名子が尋ねると、真夕は手を振った。

「仲違いしてたとかそういうんじゃないですよ。広報って現場を仕切らなきゃいけないときがあって、千晶ちゃんはヘルプでよく呼ばれていたんです。千晶ちゃんは完璧だから、比べるとあたしのポンコツさが際立っちゃって」

「真夕ちゃんはポンコツじゃないでしょ。頼りにしてるわよ」

「またまた。そう言ってくれるのは森若さんだけですよ」

冗談ではないのだが。真夕は嬉しそうに否定した。

「あたし、頭悪いんですよ。人から言われたことの意味がすぐにわからないんです。織子さんってよく、その場で思いついたことをポンポン言うんですけど、千晶ちゃんは飲み込みが早いから一瞬でわかるでしょ。で、あたしがえーとって考えているうちに、ふたりで進めていっちゃうんです」

自分が幸せになりたいかどうかって話です。人の幸せに奉仕するんじゃなくて

確かに真夕はパニックになりやすい。いったん考えて咀嚼しないと判断できないようだ。そのかわりに自分のものにすると理解が深いし、じっくりと取り組んで投げ出さない。そのあたりは個人のやり方というものだ。

真夕の何よりの美点は、わからないことをわからないと言える素直さである。

「室田さんは完璧だったのね」

「そうですね。仕事できるんですよ。でも千晶ちゃんは契約社員で、あたしは正社員。しかもあたしのほうが年下でしょ。あたしがオロオロしてるから自分がやってるのに、表向きはヘルプで、手柄があたしのものになるって、イライラしますよね」

「——なるほど」

沙名子はつぶやいた。

千晶が正社員を切望していたのはそのあたりの影響もあったのだなと思う。そういえば千晶は、前の同僚にしては真夕にどこかよそよそしい。

織子も罪なことをしたものだ。契約社員は契約社員、正社員は正社員として扱ってやればいいのに。ふたりとも悪い人間ではないのに、千晶が有能なのをいいことに同列の仕事をさせるから、妙な軋轢が生まれてくる。

「千晶ちゃん、面と向かってあたしに言うことはなかったんだけど、なんていうんですかね……。織子さんに、あたしのやったことを謝ったり、心配だって訴えたりするんですよ。

ほら、さっき森若さんに謝ってたじゃないですか。橋口さんのことを。あんな感じで」

「それはダメなの?」

「だから……ダメじゃないんですけどね……。自分のミスをほかの人に謝られるのって嫌じゃありません? さっきだって別に、森若さんに謝るようなことでもないと思ったし。何かのアピールなのかなとか……。あたしの被害妄想かもしれないです。

そういうこと言いたいんじゃないんですよ。橋口さん、ショールームを任されたわけじゃないですか。千晶ちゃんは昔の職場だから愛着あるだろうし、大変だろうなって」

このままだと悪口になってしまうということに気づいたらしい。真夕は話を変えた。

「そうね。室田さんはひとりでショールームのインテリアを一新したわけだから」

沙名子は千晶のうしろで立っていた優芽を思い出す。笑顔はなかったし、見たところは気が利くタイプではないようだ。千晶のような人間にしてみれば歯がゆいと思う。

愛嬌のなさでいえば、沙名子も人のことは言えない。

「橋口さん、早く慣れるといいですね」

真夕は困ったような顔のまま話を打ち切った。

適当にうなずいて仕事にとりかかっていると、勇太郎が入ってきた。

勇太郎はポケットからスマホを取り出してデスクに置き、思い出したように沙名子に尋ねた。

自分が幸せになりたいかどうかって話です。人の幸せに奉仕するんじゃなくて

「――森若さん、来週の金曜、何か入ってる？」

沙名子は顔をあげた。

「中間決算と法人納税の準備をしていると思います。何か予定が？」

「有給休暇をとってもいいかなと思って」

「勇さんがですか？　どうぞ。わたしは大丈夫です。なんなら二日休んだらいかがですか」

「いや、そこまでは」

勇太郎は軽く手を振って席についた。

この数カ月というもの、勇太郎は有給休暇を取らずに働いていた。最近になって落ち着いてきたので、隙（すき）を見てとってくれと思っていたところである。上司が有給休暇を消化してくれないと、休まないのが美徳になりそうで困る。

手帳に勇太郎休みと書き込んでいたら、ふと織子のことを思い出した。

織子も多忙である。先週は名古屋に千晶を連れて日帰り出張をしていた。日曜日なので、どこかで代休をとることになる。織子は代休を近い週の月曜日か金曜日に取ることが多い。

……いやまさか……。

沙名子は首を振って疑念を忘れようとする。

仮に思い浮かんだことが本当だからといって――織子と勇太郎が日付を合わせて休みをとったからといって、なんだというのだ。

勇太郎と織子の交際は、まだ続いているのだろうか。

勇太郎は変わらないが、織子は少し変わったと思う。去年の冬あたりには精彩を欠いていたのだが、春ごろから急に華やぎ、自信を取り戻したように見える。

それがどのタイミングなのか沙名子にはわからない。勇太郎との不倫の交際のせいか、浮気をしていた夫とうまく行きはじめたのか。あるいは沙名子の勘違いかもしれない。

——どちらにしろわたしには関係ない。

勇太郎と織子の私生活など興味はない。職責を果たしてくれればそれでいい。

沙名子はこれまでに何度も考えたのと同じ答えに帰結した。

「伝票いいですか?」

デスクに向かっていたら、経理室に人が入ってきた。

織子だった。ショートカットに合うシャツの襟(えり)をたてて、金のリングピアスをしている。タレント性というのか、美人だからというだけではない、入ってくるだけで明るくなるような雰囲気がある。

「あ、織子さん、久しぶりですね。元気でした?」

真夕が言った。

織子は真夕の席に行き、出張申請らしい書類を差し出した。

「最近出張がちだったからね。新幹線に乗ってばっかりで肩こっちゃう。真夕の顔を見ると安心するわ」

「あたしの顔でよかったらいくらでも見てください。次はどこに行くんですか？」

「急に決まったんだけれど、別府（べっぷ）なの。来週の金曜日」

「いいなー。せっかくだからそのまま温泉に泊まってくればいいじゃないですか」

「うふふ、もちろんそのつもり。出張費は日帰り分しかもらわないから許してね」

「旦那（だんな）さんとですか？」

「だったらいいんだけどねー」

織子は晴れ晴れとしていた。久しぶりの遠出なのかもしれない。まるで誰かに聞かせるために言っているようだと思う。

沙名子はさりげなく勇太郎に目をやる。勇太郎は織子の声に気づかないかのように、ひっそりとパソコンのモニターを見つめている。

「――織子さん、離婚するかもしれないんだって」

カーテン越しに希梨香（きりか）の声が聞こえてくる。

場所はロッカールーム、声の主は希梨香である。試着室の中にいた沙名子の、ボタンを外す手が止まった。

希梨香は制服を着ないので着替えなくていいのだが、終業後には必ずロッカールームに来る。沙名子が来たときにはソファーに座り、お菓子を食べながら化粧を直していた。

「旦那さん、年下だよね。俳優だっけ。ブログかなんか持ってたはず。あ、これこれ。皆瀬知也。この人だよね」

答えているのは総務部の女性ふたりである。沙名子がロッカールームに入ったときにはいなかった。ふたりとも制服なので、早く着替えて試着室を明け渡さなくてはならない。

皆瀬知也のブログとSNSは沙名子も読んだことがある。アマチュアの映画監督でもあり、宣伝をかねているので写真がたくさん載っている。おかげで顔も覚えてしまった。覚えたくなかったが。

「そうそうこの人。あたしの友達がモデル事務所にいるんだけど、最近、映画の関係者と飲んだんだって。そのときに皆瀬知也も来ていて、ずーっと織子さんの悪口言ってたんだって」

希梨香の声はひそめていても聞こえてくる。気配だけでも女性社員たちが前のめりになるのがわかった。

「えー……でも織子さん、旦那のこと大好きだったよね。写真見せて自慢してたし、撮影現場にも行くとか言ってた。この間のテレビ、めちゃめちゃ綺麗だったじゃん」

「若返ってたよね。やばかった。なんか入れたのかって一瞬思った」

「皆瀬知也は離婚したいんだけど、織子さんが了承しないみたい」

ああー、うわー、と女性たちは一斉に息をついた。

「皆瀬知也って女好きそう。二十代でしょ。織子さんて気が強いし、どんなに美人でもアラフォーになるとダメってこと？」

「やめてー。十年後にはみんなアラフォーよ」

「しかも美人かどうかわかんないという」

女性たちはどっと笑った。

女性同士の話は辛辣だが面白い。仲間に入りたいとは思わないが。

沙名子は着替えを終え、カーテンを開いた。ソファーにいた制服姿の総務部員が気づき、立ち上がってカーテンの中に入っていく。

制服をロッカーにかけていると、ロッカールームに女性が入ってきた。

優芽である。見慣れない顔なのですぐにわかった。

優芽は並んだロッカーを見渡し、鍵のかかっていないロッカーをそっと開いてみてから、沙名子に声をかけた。

「森若さん、ここ空いているんでしょうか。使いたいんですけど」

眼鏡ごしの優芽の瞳はくっきりと大きく見える。

「空いていますよ。使用許可はもらっていますか？」

「総務部の横山さんに訊いたら、空いているところを使っていいと言われました」

「じゃどうぞ」

　優芽はロッカーを開け、私物らしい大きなトートバッグを置いた。ずっしりとして重そうだ。トートバッグからカバーのかかった本を取り出し、ロッカーに移している。

「ネームプレートを入れておいたほうがいいですよ。名前がないと総務部の人が開けてしまうかもしれないので。事務用品はあの引き出しにあります」

　沙名子は言った。本が高価そうなので、開けられたら困るだろうと思った。総務部にスペアの鍵があり、これまでにもそういう例があった。

「あ、はい」

「あと掃除当番があるので、これからもロッカーを使うなら室田さんに話しておいたほうがいいかもしれません」

「お掃除については横山さんから聞いています。ちゃんとやります」

　優芽はぶっきらぼうだが無愛想ではなかった。沙名子に言われたとおり、すみにある事務用品入れをあさり、付箋紙でネームプレートを作りはじめる。

　千晶は契約社員だったときは私物をショールームに置いていた。ロッカーは正社員しか使えないというようなことを言っていたが、そんなことはなかったようだ。ロッカーは余っているし、朝夕の数分を使うのに正社員も契約社員もない。

ロッカールームの掃除と片付けは業者ではなくて使用者がやる。いつから続いているのかわからない女性社員の伝統だ。三カ月に一回程度の割合で、部署ごとに回ってくる。

経理部は先週が担当だったので、沙名子と真夕と美華が順番に掃除機をかけた。美華は不満そうだったが、ひとりでやっても十分もあれば終わる作業だ。沙名子は人がいるときに掃除をするのが嫌なので、当番の日は朝に早めに来てかけることにしている。

掃除をしたらカレンダーに名前を書いておく。消臭剤を置いたり鏡やテーブルを磨いたり、花や置物を飾ったりする人もいる。なんとなくの風習だが、きれい好きな社員が多いおかげでロッカールームの清潔さが保たれている。

掃除当番があるのも主任までだと思うと、少し胸がうずいた。

今期になって、天天コーポレーションでは女性がふたり課長になった。広報課の皆瀬織子と、総務課の平松由香利だ。織子はもとから専用のロッカーを持っているから別として、由香利は総務部の掃除当番から外れたようだ。制服をやめたので、ロッカールーム自体をそれほど使わなくなっている。

沙名子も主任になったということは、この先、もっと昇進する可能性もあるわけで……。

ロッカールームの噂話はうっとうしいが、聞けなくなると思うとつまらないような気もする。

おそらく役付きになったらそんなことを考える余裕もないのだろうが。

支度を終えてロッカーを閉めたところで、千晶が入ってきた。

「お疲れさまです。——あ」

千晶は優芽がロッカーを開けているのを見てつぶやき、不機嫌になった。


ショールームの中に入ると、制服姿の優芽がふたりの人間と話しているのが見えた。

リュックサックをかついだ外国人らしい男女である。優芽が沙名子に気づいて話を中断すると、彼らは手を振って道に出ていった。

「来客中でしたか?」

「会社とは関係ない人です。道に迷って、コンビニと間違えて入って来ちゃったみたいで」

「橋口さんは英語がおできになるんですね」

「いいえ、できません。——森若さん、経理ソフトの使用手順でしたよね。持っていくのでテーブルでお願いします」

ショールームに入ったとき、優芽が流暢(りゅうちょう)な英語で話していたような気がしたが、聞き間違いだったたか。

ショールームの道路からの出入り口にはハロウィンのオバケの風船が飾られている。テーブルにはオレンジ色のテーブルクロスと、ススキを中心にした生花の花瓶(かびん)。ガラスのシ

自分が幸せになりたいかどうかって話です。人の幸せに奉仕するんじゃなくて

ヨーケースには製品のポップとパンフレット。これらは先日の経費申請にあったものである。

優芽はショールームの飾り付けの方針は千晶のものを受け継ぐらしい。千晶がやっていたときよりも簡素だが、全体としてまとまっていて悪くない。

「このお花、素敵ですね。橋口さんが活けたんですか」

「はい。花屋さんに聞いて、いちばん日持ちしそうなのにしました」

優芽はカウンターの内側で、ノートパソコンのアダプターを外している。ハロウィンのカボチャの置物の陰に、開いたノートと本と辞書がある。本には、ロッカールームで見たのと同じカバーがかかっている。辞書のほうに『中国語辞典』というタイトルが見える。

優芽がノートパソコンを持ってくると、沙名子はできたばかりの優芽の経理ページを開いた。

新しく入社した人には経理部員が入力方法をレクチャーすることになっているのだが、この役割はなぜか沙名子だ。勇太郎はやりたがらないし、美華は人にものを教えるのに向いていないし、新発田部長はすぐに森若頼むと言う。真夕は逃げ回っているが、そろそろ譲りたいところである。

「ショールーム担当って、経費精算以外の処理はあるんですか」

教え終わったところで、優芽が尋ねた。

「基本的にはないです。季節ごとの飾り付けの経費とお茶やお菓子が中心ですね。設備費で大きいものになると、こちらが払うのではなくて請求書からの処理になります」

「では出張費精算処理を教えていただいたのは念のため、ということですね」

「そうですね。皆瀬さんと同行したり、届けものを頼んだりすることがあるかもしれないので。仕事内容は皆瀬さんの判断ですが、出張費と交通費は社員と同じように出ますよ」

「借方は？　物販はやっていないと聞いたのですが」

「今後やるかもしれません。工場や研究所の受付でもやっているので。その場合は、現金の入出金になるかな。額は小さいですが」

「わかりました。このショールームって、採算はとれているんですか？」

沙名子は優芽をちらりと見た。

「ショールーム自体は利益を生み出すものではないですが、広報に役立っていると判断しているということだと思います。室田さんがインテリアに力を入れはじめてからは特に」

「なるほど。ありがとうございます」

優芽はノートパソコンを閉じて立ち上がった。

優芽は制服に黒いタイツとヒールのない紐(ひも)靴を履いている。薄化粧に眼鏡が似合っていて可愛(かわい)らしい。

「橋口さん、制服を頼まれたんですね。すぐに出してもらえました？」

自分が幸せになりたいかどうかって話です。人の幸せに奉仕するんじゃなくて

沙名子は尋ねた。

制服の支給は総務部の管轄だが、新規発注か、在庫から出したのか気にかかったのである。新規だったらそのうち経理部に請求書が回ってくる。

優芽はカウンターの内側で、パソコンのアダプターをつなぎながらうなずいた。

「はい。横山さんにロッカーの使用を頼むついでに頼んだら、予備があるからって次の日にもらえました。室田さんからショールームの受付らしい服にしろって言われてたんだけど、そういうのは持っていないし、契約社員なのにわざわざ買うのもなーって思って。ダメモトのつもりだったんだけど、話が早いので助かりました」

優芽は珍しく自己主張めいたことを言った。

千晶はショールームにいたときに私服を着ていた。パステルカラーのシャツやニットとスカートとパンプス、というのが定番だった。制服を着たがっていたが、契約社員だからと諦めていて、半年前にやっと認められたのである。

優芽は千晶の前例があったので、すんなりと制服を使う許可が下りたということなのだろう。

千晶は契約社員だから制服は支給されないと思い込み、優芽は契約社員だから制服を支給するべきだと思う。同じ立場でも考え方は違うものである。

「仕事には慣れました？」

「はい。楽です。部屋を飾り付けて、お客さんが来たらパンフレット出してお茶の手配するだけですから。たまに広報課の仕事があるけど、難しいものではないので」

優芽はパソコンをもとの位置に設置し、本と辞書を取ってカウンターの内側に置いた。

「ここは居心地いいですよ。皆瀬さんに、空いている時間に勉強してもいいと言われました。一番いいのは、契約社員だから仕事に一線を引いていられることですね」

背中がひやりとした。

まめまめしく担当外の仕事をし、女性社員にお菓子を差し入れ、幹部社員に気に入られて正社員になった千晶を思い出した。千晶は、わたし、すごく焦っているんです——と、契約社員の不遇を沙名子に泣きながら訴えてきたものである。


「優芽ちゃんかー。そういえばこの間、立岡さんが怒ってたなあ。やる気なさすぎるって」

太陽はハンバーグにナイフを入れながら言った。

平日の夜である。最近は太陽も沙名子も忙しいので会っていなかったのだが、たまたまふたりとも残業がなかったので夕食をとることにした。

「——なぜ立岡さん？」

沙名子はタルタルソースをミックスフライに載せながら尋ねた。

自分が幸せになりたいかどうかって話です。人の幸せに奉仕するんじゃなくて

立岡は営業部販売課の男性である。太陽の先輩ということになるが、組んで仕事をしているわけではないのであまり話題には上がらない。

「なんでってほら、千晶ちゃんからいろいろ聞いてるらしくて」

「ああ——そういうことね」

沙名子は言った。

立岡は千晶の恋人である。契約社員だったときに交際を始めた。公言されてはいないが、立岡に隠す気がないので社員はなんとなく知っている。公然の秘密というやつである。

「この間、就活用の企業ビデオの撮影があったじゃん。皆瀬さん仕切りのやつ。俺も出たんだけど、そのときにいろいろあってねー」

「あれ、営業部のコメントは山崎さんじゃなかったっけ」

「山崎さんに今年はおまえやれって言われた。山崎さんのほうが人は来ると思うけどな。次期エースってことで。まあ楽しかった」

太陽はパンをちぎり、おいしそうにビールのグラスを傾けた。

「ショールームで撮影したのよね。そのときに何かあったの？」

「撮影中に皆瀬さんが、背景にするのは天天石鹼ベーシックよりもさくらのほうがいいって言い出したんだよね。で、ちょうど優芽ちゃんの手が空いてたから、社用車で倉庫まで行って持ってきてって頼んだんだけど、断られた。会社の車に責任持てないからって。

皆瀬さんは不機嫌になるし、いい雰囲気で撮影してたのに、空気壊れまくり。倉庫までなんて車なら十分なのにな」

天天コーポレーションのいちばん大きな倉庫は少し離れたところにある。歩いていけないこともない距離だが、大きな荷物を運ぶ必要があるときは車で行く。

「室田さんもいたんでしょう?」

「千晶ちゃんて免許は持ってるけど、ペーパーなんだって。優芽ちゃんがそれ聞いて、じゃわたしもペーパードライバーですって言ったの。結局、撮影を中断して俺が持ってきたんだけど。じゃってなんだよって立岡さんは怒ってた」

立岡が怒っていたということは、千晶が怒っていたということである。

「あと英語できるらしいって人事から聞いて、鎌本さんが海外のサイトをちょこちょこっと訳してもらおうとしたら、できませんって断られたんだって」

「――美華さんが断ったからかな」

沙名子はつぶやいた。

美華は英語ができるので、たまに、これ訳せる? などと訊かれたりすることがある。最初はやってあげることもあったが、だんだん依頼がエスカレートして、明日までにお願いします! という付箋をつけただけの書類をデスクに置いておかれたことがあって激怒した。わたしは経理部員であって翻訳者ではないという正論をかかげ、以来、誰からどんな翻訳依頼があっても断るようになった。

沙名子も入社当時、字がきれいだからと宛名書きを頼まれたことがある。書道も硬筆も得意なのでできないことはないが、忙しいので断った。他人の仕事に労力を割いて、自分の仕事の質を落としたくない。

天天コーポレーションの社員は悪い人間ではないが、ときどき図々しくなる。個人の資格や特技を担当外の仕事に使うなら、相応の手当を出すべきである。

「優芽ちゃん、もうちょっと素直なら可愛いのにねー。暇なんだしさ。あのときは何も悪くない千晶ちゃんが謝る感じになって、可哀相だったよ」

「橋口さんが運転や翻訳したほうがよかったと太陽は思っているわけね」

「え、だって違う？」

「わたしの方針とは違う」

今どき翻訳くらい自分でやれと思う。優芽の仕事に運転は入っていないだろうし、万一事故でもあったら契約社員に保証はない。織子だって守ってくれないだろう。

可愛い女、できる人と呼ばれるために仕事をしているわけではない。従順すぎるのは無責任でもあると思う。

「そうかあー……。沙名子は違うのかあ……」

太陽はなぜかしょんぼりし、残りのハンバーグをぱくりと食べた。

数日後の平日、沙名子は残業を終えるとロッカールームの明かりをぱちりとつけた。

夜の八時になっていた。今日中をめどにしていた作業が終わったので、勇太郎を残して切り上げてきたところだ。営業部のフロアではまだ残業をしている社員がいた。

誰もいないロッカールームというのも悪くない。沙名子は着替えを終え、壁に貼られた天天コーポレーションのカレンダーをめくってみる。

先月の掃除当番の最終日は広報課だ。橋口と名前が書いてある。室田という名前はない。

テーブルの上には個包装の箱菓子が置いてあった。残りは三つほどで、花柄のメモがついている。

出張のおみやげです。みなさんでどうぞ。
広報課　室田千晶

千晶はこういう気遣いを忘れない。契約社員のときからそうだった。正社員になってからも、希梨香をはじめほかの女性社員と積極的に馴染もうとして頑張っている。

千晶については、何につけても頑張っていると思ってしまうのはどういうわけか。

沙名子はお菓子をひとつ取り、バッグに入れた。

空腹だったが半端な間食はしたくない。夕食は軽めに、温かいスープでも作ろうかなと思う。

冷蔵庫の中にある食材を思い浮かべ、メニューを組み直しながら髪を梳(と)かしていたら、ドアが開いた。

「森若さん、よかった。まだ帰ってなかったんですね」

入ってきたのは千晶である。かすかに息を切らしている。沙名子が経理室にいなくなったのを知って急いで来たらしい。

嫌な予感がした。

「なんでしょうか」

「聞いてほしいことがあるんです。もうどうしたらいいのかわからなくて。お夕食をごちそうするので、時間とれませんか?」

……だろうと思った。

千晶の目はうるんでいた。以前に悩みを訴えられたときと同じ表情をしていた。

「明日のランチでも、別の日でもいいんですけど。……やっぱりダメですよね」

沙名子が乗り気でないということに気づいたらしい。千晶はすかさず言った。

「——三十分でいいですか」

沙名子は言った。

断るのは気が引けるが持ち越すのは面倒くさい。イレギュラーの小さなタスクはさっさと終わらせてしまうに限る。

「はい。大丈夫です。よかった。ちょっと待っていてくださいね」

千晶は嬉しそうになった。濡れた黒目がちの瞳は飼い主に駆け寄ってくる子犬のようだ。

沙名子にはできない表情である。


「織子さんのことなんですけど……。織子さん、次の出張に、わたしではなくて、優芽ちゃんを連れていくって言うんです」

ファミリーレストランの向かいの席で、千晶はうつむきがちに切り出した。

「優芽ちゃん？」

沙名子はハーブティーのカップを手のひらで包みながら聞き返した。

千晶は泣きそうな顔でうつむいた。

紅茶のカップの持ち手を握りしめる。桜色に塗られた爪はきれいに切られている。ピンク色のニットの首もとに、銀色のネックレスがさらりと落ちた。

「次は優芽ちゃんに来てもらうって。ショールームのほうは誰もいなくてもなんとかなるし、優芽ちゃんもそういうのに慣れておいたほうがいいからって。そういうのってなんでしょう。これからはプレスの仕事も優芽ちゃんに手伝わせるってことでしょうか」

沙名子は戸惑った。織子は優芽に、時間があるときは勉強してもいいと許可を出したはずだが、同時に担当外の仕事もさせるのか。寛容なのか不寛容なのかわからない。

「それは……わたしにはわかりません。皆瀬さんなりの考えがあると思います」

「でも契約社員ですよ？」

千晶に見つめられて、沙名子は詰まった。

能力があれば形態にこだわらず仕事を手伝わせるというのが織子の方針として、そのことによって仕事にやりがいを見いだして、契約社員から正社員になったのが千晶だと思うのだが。

「皆瀬さんは橋口さんを見込んでいるのだと思います。室田さんと同じように」

かろうじて言うと、千晶は首を振った。

「わたしとは違います。わたしは契約社員であっても、それ以上に仕事をしていましたから。こんなことを森若さんに言うのもなんですけど……。わたしがショールームにいたときは、時間があったら織子さんにやることがないかどうか訊いて、仕事を手伝っていました。真夕さんのことも陰ながらフォローしていたんです。優芽ちゃんはショールームから出ようとしません。いつも本を読んでいて暇そうです。わたしのように働けとは言いませんけど、だったら名古屋のほうも辞退するべきだと思いませんか」

「そういうことはわたしでなく、皆瀬さんに仰ったらいかがでしょう」

「わたしには言えないです。まだ正社員になったばかりなのに」

千晶は唇を噛んだ。

だったら沙名子にも言うなと言いたい。千晶は困るとなぜか沙名子を巻き込みたがる。無関係の人間に相談したいなら、もと同僚の真夕に言えばいいのに。

「皆瀬さんは室田さんの仕事ぶりを見ているからこそ、橋口さんに、昔の室田さんのような仕事をさせてみようと思ったのでは。……正直に言って、わたしはそのやり方に賛同はしませんけど」

最後の言葉は小声で言ったのだが、千晶は大きくうなずいた。

「そうですよね。わたしのときはほかに人がいなかったから仕方ないですが、今回はわたしがいるので、そんなことをする必要がありません。非正規は非正規らしくするべきです。優芽ちゃんはいい子だけど、謙虚さが足りないです」

「そうなんですか」

「そうです。入ったばかりなのにロッカールームを使うとか。しかもわたしに言わずに。びっくりしました。契約社員って半年ごとの更新だから、半年たったらいないかもしれないのに。図々しいと思いませんか。わたしが使いはじめたのは、契約社員になって三年目自分が幸せになりたいかどうかって話です。人の幸せに奉仕するんじゃなくてですよ」

話は織子から優芽に移っていた。こらえていたものがあふれ出てきたようだ。沙名子は、千晶がこんなに他人に厳しいとは思わなかったので驚いている。

半年後にどうなるかわからないなんてたまらないです、不安で仕方ないです、と千晶が泣きながら訴えたのはほんの一年ほど前のことだ。

仮に半年後にいなくなるにしても、ロッカーは使ってもいいだろう。自分が契約社員だったことが辛かったのだから、優芽が楽しそうに仕事をしていたならよかったとは思えないものか。

「――室田さん、だったらもっと早く申し込めばよかったのではないでしょうか」

「一回織子さんに言ったことがあったけど、スルーされました。わたしが入ったときはショールームなんて名ばかりで、倉庫か在庫置き場みたいなものでしたからね。軽く見ていたんだと思います。わたしの前の人なんて、織子さんは名前を覚えてもいませんよ。

だからわたしはまず、仕事で認められようと思って頑張ってきたんです。お茶を出すなら最高のお茶を出してやる、このショールームをみんなが立ち寄るような場所にする、そうしたら織子さんもわたしを認めるんじゃないかって」

「その頑張りが認められて入社できたわけで、よかったですね」

沙名子は言った。千晶が悔しさをばねにして努力するタイプだということはよくわかった。沙名子ならしない努力だが、成果はあった。何かの被害者ではないのだし、もっと誇っていいように思う。

「ええ、よかったと思ってます。でもそれは、わたしが頑張って勝ち取ってきたことなんですよ」

千晶は感情を高ぶらせていた。うるんだ目のまま紅茶を口に運ぶ。これはハンカチか何かを渡してやったほうがいいのか。以前に話を聞いたときもこんな感じだった。

「あとから来た人はいいですよね。なにもしないで、申し込んだらぽんとロッカーや制服までもらえて。わたしのときは制服の支給までもいろいろあって、あちこちに頼んだり、問い合わせたり大変でした。森若さんもご存じだと思いますけど」

「——だから、橋口さんに掃除をさせていたんですか?」

沙名子は思わず尋ねた。

「え?」

千晶は沙名子を見た。一瞬、しまった、というような表情になった。

「ロッカールームのカレンダーを見ました。先月の最終週は広報課が掃除当番でしたよね。全部の日に橋口って書いてあったんですが。室田さんはやらなかったということなんですね」

「——あれは、優芽ちゃんから。今週は全部、自分がやるって言ったんです。初めてなの自分が幸せになりたいかどうかって話です。人の幸せに奉仕するんじゃなくて、みんなの仲間入りをするからには、そういうことをするべきだって考えたんだと思います。わたしは優芽ちゃんにも契約社員の自覚があったんだって思って、安心したんですけど」

千晶は言ったが、かすかにうろたえている。

そうでなくても疑わしい。いやなことをいやと言う優芽が、自分からそんな申し出をするだろうか。千晶だったなら言いそうなことだが。

千晶が、今回は優芽ちゃんが全部やってねと言ったのではなかろうか。カレンダーはすぐにめくられるし、掃除当番の名前なんて誰も注目しない。

「──だって、広報課ってこれまで、ロッカー使う女性はわたしだけだったんですよ。だからわたし、ずっとひとりで一週間やってきたんです。経理部とか営業部とかはいっぱいいるから順番でできるのに、わたしだけ。優芽ちゃんは最初からふたりですよね。そんなの」

千晶の言葉ははからずも、優芽が自分から言ったということを否定することになるのだが、沙名子は追及しなかった。ロッカールームの掃除などどうでもいい。

そんなのずるい、か──。

ハンカチを渡すのは抵抗があったので、沙名子はテーブルナプキンを取り出して千晶に渡した。千晶はナプキンを目に押し当てる。ナプキンにマスカラの黒いしみができた。

自分が傷つきながら切り開いた道を、あとから来た人が笑いながら歩いてきたら憎らしくなるものなのか。たとえ自分が楽になるのだとしても。

沙名子だったら別の人が自分の仕事をやってくれるのなら、すぐに担当を明け渡す。出張なんてないに越したことはない。知らない土地のテレビ局まで行って上司のフォローをするとか、考えるだけで気疲れする。

「わたしは、皆瀬さんは深く考えてないんじゃないかと思います。皆瀬さんは仕事はできますけど、わりと行き当たりばったりなところがありますよね。心配しなくても、室田さんは評価されていると思いますよ」

千晶が落ち着くのを待って、沙名子は言った。

織子のセンスと魅力はその行き当たりばったりなところにある。予定調和だけで動く人間なら、テレビ局でもてはやされることなどなかっただろう。織子の思いつきで成功した広告はいくつもある。だから営業部長は織子の経費が無駄だと思っても目をつぶるのである。

「……そうですね。織子さん、旦那さんともうまくいっていないみたいだし。八つ当たりなのかな……。わたしって昔から、そういう標的にされやすいんですよね。どうしてなのか、自分でもわからないです……」

「室田さんも、少し疲れているのではないですか？」

自分が幸せになりたいかどうかって話です。人の幸せに奉仕するんじゃなくて

沙名子は尋ねた。

契約社員から正社員になって一カ月と少し。最初は念願が叶った嬉しさと、気が張っているのでなんでもできただろうが、そろそろ緊張の糸が切れてもおかしくない。

「……そうですね。何かたまっていたのかもしれません……。すみません」

千晶は少し冷静さを取り戻した。うつむいてこくりと紅茶を飲む。

「本当は、こういうことって同期社員とかに相談するものなんでしょうけど……。わたしには同期がいないので誰にも言えないんです。親友もいないし。真夕さんとか希梨香さんを見ていると羨ましくて。森若さんは同い年だから、わかってくださるんじゃないかと思ってしまって……」

「同期社員だから仲がいいというものではないですよ」

「でも森若さんだって、開発室の鏡美月さんと」

「たまたま相性が良かっただけです」

沙名子は言った。

千晶は持っていないものに憧れる癖があるようだが、同期社員に夢を見すぎである。もしも同期入社したのが希梨香や千晶だったとしたら、沙名子はほかの社員と同様の距離を置いただろう。由香利だったら一緒に映画を観に行っていたかもしれないが。

「わたし、二十九歳になっちゃったんですよ」

千晶はふいに言った。

沙名子は千晶を見る。少し青ざめている。少女のようなナチュラルメイクが落ちて、年齢相応に、大人っぽく見える。こちらの顔のほうが好きかもしれない。

「最近、何か間違っていたのかなって思うんです。正社員になる前は、こんなに不安なのは、きっと契約社員だからだって思ってきたけど……。正社員になってみたら、なんか違う、わたしが求めていたのはこれじゃなかったのかなって……。でもこんな年齢になってしまって、今さらやりなおすこともできない……」

こんな年齢と言うな。二十代後半になって初彼氏ができたりする女性もいるんだぞ。そうでなくても完成されていて楽しい時期じゃないか。

「そういうことは、立岡さんには仰らないんですか？」

沙名子は尋ねた。

千晶の念願は正社員になることのほかにもうひとつある。結婚である。

立岡は千晶にベタ惚れらしいから、結婚の話があってもおかしくない。

たとえ不快なことがあっても、具体的なことは話さなくても、好きな人と一緒にいれば負の感情を打ち消せるはずだ。愛のエネルギーというやつである。

「──え？」

千晶は目をぱちくりさせた。

「つまり──室田さんには、おつきあいされている方がいると聞いたものですから」

「あ──ああ」

千晶の目が泳いだ。沙名子の首もとに目をやり、目をそらす。

「彼は……あんまり。こういうのわからない人ですから」

千晶は急に冷めた声で言い、横を向いて紅茶を飲んだ。


ファミリーレストランから出ると、沙名子は会社への道を戻りはじめた。

帰りぎわに千晶からＬＩＮＥ(ライン)を交換したいと言われ、社用のスマホを経理室に忘れてきたことに気づいたのである。一晩くらい置きっぱなしでもいいのだが、ひとりになりたかったので口実にして千晶と別れた。

落ち込んだ女性を慰めるなんてもっとも不得手なことなのに、どういうわけか、たまに相談に乗ってくれと言われる。

千晶の悩みは考えすぎだと思う一方で不安になる。背後にいる見えない敵に、千晶だけは気づいているのではないかと思う。

二十九歳か……。

沙名子はそっと首もとのネックレスに触れた。

太陽から誕生日にもらった一粒ダイヤのネックレスである。最近は毎日のようにつけている。太陽はこれを買うときに照れまくり、店員に向かってひとりで喋(しゃべ)っていた。海老(えび)のお返しにしては高価すぎると思う。夏のボーナスが高めだったからか、財形貯蓄を崩したわけではないから、あのときとあのときの出張費を貯めていたのかなどと考えてしまうのが我ながら嫌になる。

結婚したい、と考えるべきなんだろうな。と沙名子は思う。

結婚したくなりたい。太陽を夫にしたいと思うことができたら楽だろう。目標が決まったらやるべきことが定まる。あとはそれを順番にこなしていけばいいだけだ。きっと量産型の幸せな人生を歩むことができる。

もちろん太陽に断られるという可能性もあるわけだが。

他者が自分の目標の達成を左右するというのは不安定なものである。仕事においても私生活においても。

もしも太陽に結婚の話をして嫌がられたら、このままの交際を続けていけないだろう。どちらにしろ今の安定した生活が終わることになる。

いちばんの問題は、結婚というものに対して沙名子がぴんと来ないということだ。

帰って料理をするのが面倒になっていた。たまにこういう気持ちになる。いつもの寿司(すし)屋が空いていればふらりと寄ることもできるのだが。帰りにコンビニに寄って、サラダチキンでも買って帰ろうかなと思う。

　経理室の鍵は守衛に届いていなかった。勇太郎がまだ残業しているということである。

　沙名子は階段を上った。二階の営業部にはまだ明かりがついているようだが、三階で人(ひと)気(け)があるのは経理部だけだ。

　沙名子は経理室のドアノブを回した。勇太郎は雑音を嫌うので、なるべく音をたてないように、そっとドアを開く。

　ぼそぼそした勇太郎の声が聞こえてきた。

「――トータルいくらなんだよ。いや、たぶんは要らない。そこがわからないと話にならないから。書類ないなら電話かけて、とにかく数字をはっきりさせて。日付と利息と、数字に出るものすべて。一円単位まで。できないじゃなくてやって」

　勇太郎はドアに背を向け、スマホを耳に押し当てて話している。

　電話中となるとますます気がひける。取引先との電話にしては口調が荒っぽいな――と思いながら半身を部屋にすべりこませると、声が変わった。

「……わかってるよ。だけど、それは仕方ないんじゃないか、悪いのは熊井(くまい)だろう。うん……だから、知歌(ちか)には俺も一緒に謝ってやるから。……え、一社じゃないの？　――なんだよそれ！　なにやってるんだよ。そんなの言い訳になるかよ、退院祝いなんかより、仕事のほうが大事だろうが！」

熊井——勇太郎は熊井と言った。

勇太郎の親友、熊井良人のことは沙名子も知っている。去年まで天天コーポレーションの製造部に勤めていた。

退職したのは会社のお金を私用に使っていた——横領していたからである。

「——期待するなよ。俺もそんなに貯金あるわけじゃないから。……うん。また顔を出す。金額だけはなるべく早く確かめて。くれぐれも妙なこと考えるなよ。——理実ちゃん、退院してよかったな」

……信じられない。

経理部員はお金に関しては潔癖でなくてはならない。たとえ落ち度がなくても、あらぬことを疑われたらどうする。

そう沙名子に言ったのは、勇太郎本人だったというのに。

勇太郎は電話を切った。しばらくぼんやりしてから椅子に腰を下ろす。

額に手を置き、思い出したようにスマホに向かう。何かを打ちはじめたところで、沙名子がいるのに気づいた。

「——勇さん、どなたと話していたんですか」

沙名子は後ろ手にドアをぱたんと閉め、勇太郎に向かって歩いていった。

「森若さん。──帰ってなかったのか」

勇太郎は戸惑いとも苛立ちともとれる声で言った。

「忘れ物を取りに来たんです。今、お話をされていたのは熊井さんですよね。聞こえました」

「だから？」

「勇さんの貯金で、熊井さんの負債を弁済するのはやめたほうがいいと思います」

開き直っているのが腹が立つ。沙名子は勇太郎を見つめ、一息に言った。

どうせ言うつもりなら、もってまわった言い方をすることに意味はない。

熊井への怒りがこみあげてくる。勇太郎を傷つけ、罪をなすりつけようとしただけではまだ足りないのか。自分の幸せを守るために、なお勇太郎から何かを奪い取ろうというのか。

「──負債というほどのものじゃない」

勇太郎が言った。

強く否定するかと思ったら、意外と気弱な声だった。

「では何でしょうか。わたしの勘違いだったらとても嬉しいです」

「クレジットカードと」

勇太郎はいったん迷って言葉をとめた。どこかが痛いような顔になる。経理マンの習性が染みついていて、こういうときに嘘を言えないのだ。

「――消費者金融だ。最近、勤め先の店に電話が来たらしくて」

「督促の電話が、ということですか？」

「そういうことになる。今回は前とは違う。会社のお金ではないし、今返せば全部終わる。森若さんには関係ない」

「今返せば全部終わる。一時的に魔が差しただけで、もうやらない。どうしたらいいと思う？　――と、熊井さんが勇さんに電話をしてきたというわけですか」

これは皮肉だ。以前に製造部で事件があったとき、熊井が勇太郎に言った言葉である。

勇太郎はわかったらしく黙り込んだ。

沈黙が落ちる。沙名子は目をそらした。

「どうして同じことを繰り返すんでしょうか。今回をクリアしたところでまたやるんでしょう。どうしようもないんですか、こういうのは」

沙名子はつぶやいた。言わずにはいられなかった。

そのまま自分の席に行き、スマホを取ってバッグに入れる。手がふるえ、充電器ががちゃりと音をたてる。

「――俺もそう思う。熊井はだらしなさすぎる。だけどいいところもある。守らなきゃならない家族がいるんだ。森若さんにはわからないかもしれないけど」

「熊井さんの話はしていません。勇さんのことを言っているんです」

沙名子は言った。

熊井は自業自得だ。やるせないのは勇太郎である。何回騙されれば気がすむのだ。

「勇さん、先月、別府に行ったんですか？」

勢いに任せて、沙名子は尋ねた。

「行った。それが何か」

勇太郎は言い訳をしなかった。悔しさに似た気持ちがこみ上げた。

「わたしは勇さんを責めるつもりも、知っていることを明かすつもりもありません。ただ会社に知られたら倫理観を疑われます。ほどほどにしたほうがいいと思います」

「結婚する。了承は得てる」

「皆瀬さん夫婦に離婚が成立したらという意味ですか」

「――そう」

めまいがした。

この男はバカなのか。それとも自分が『恋におちて』のロバート・デ・ニーロか、『マディソン郡の橋』のクリント・イーストウッドのつもりででもいるのか。

既婚者と独身者が恋愛をして、既婚者は離婚する予定だと言う。常套句だ。映画だったら本気だが、現実は十人中九人が嘘じゃないのか。まして織子はどう見ても恋愛経験が豊富で、火遊びの経験くらいありそうな美女である。

熊井が勇太郎に金銭の後始末を頼んだのは、沙名子の知っている限りこれで三回目だ。前の二回のときも熊井はもうやらないと誓った。無駄である。勇太郎という万能装置があるのに、誓いを守る理由がない。彼にとって金銭問題を解決するということは、勇太郎にやってもらうということだ。そう学習させたのは勇太郎だ。

小難しい管理会計を瞬時にやってのける男が、なぜそのことに気づかないのか。なぜ自分だけはレアケースの側だと思うのか。沙名子にはわからない。

「織子と熊井は関係ない。俺は帰る」

「関係ありますよ。自分が幸せになりたいかどうかって話です。人の幸せに奉仕するんじゃなくて！」

沙名子は言った。

勇太郎はドアを出ていこうとしているところだった。振り返って沙名子を見る。

「――鍵返しといて」

勇太郎は言い置いて出て行き、沙名子は経理室に立ち尽くした。

自分が幸せになりたいかどうかって話です。人の幸せに奉仕するんじゃなくて

呆然とした数秒を過ぎると、激しい感情がこみ上げてきた。

怒りとどうしようもない無力感がある。自分にできることは何もない。愚かな人間よりも、ずるい人間のほうがましだなんて思いたくない。

自分は勇太郎ではないし、彼のような生き方はしないと思っていても、いつか孤独に食われて変容するのではないかという恐怖がある。あるいは千晶だけに見えている敵はこれなのではないかと思う。

沙名子は早足で経理室の金庫の上にある事務用品入れの引き出しを開けた。

いちばん下の引き出しの奥のほうに、折り畳んだ小さな封筒がある。封を乱暴に剝がすとスマホ対応のＵＳＢメモリが手のひらの上に転がり出た。

いつか誰かが見つけて捨てるのではないかと思っていた――そうであれば忘れられると思っていたが、誰にも手をつけられないまま、ずっとここに眠っていたというわけだ。

沙名子はＵＳＢメモリを握りしめて経理室を出た。

ショルダーバッグをゆすりあげ、足音を忍ばせて階段を下りる。営業部にはまだ三人ほど人がいる。ふたりはソファー席でタブレットを見ながら話し合い、ひとりは出入り口に背中を向けてパソコンに向かっている。

沙名子は彼らの目につかないように広報課のエリアに入っていった。

いちばん奥が、席替えしたばかりの織子のデスクである。女性向けの雑誌とびっしりと

スケジュールが書かれた卓上カレンダーの横に、テレビ局のマスコットが置かれている。電気のついていないデスクの上に、一筋の月光が入ってきていた。

沙名子は織子のデスクにUSBメモリを置いた。置いただけでは心許ないような気がして、近くにあったセロテープで、パソコンのキーボードの電源の部分に貼り付けた。

あとは知らない。どうとでもなれ。

皆瀬知也が浮気をしている動画を見て、織子がどう反応するかはわからない。知りたくもない。無理やりせき止めていた水が、本来の方向にあふれ出すだけだ。

浮気した夫に執着するかもしれない。これを撮った人を恨むかもしれない。あるいは夫への愛が冷めて、何かの決着がつくかもしれない。

勇太郎、目を覚ませ。もっと自分勝手になれ。織子も、千晶もだ。犠牲と不幸に酔うな。

沙名子は会社を出る。歩きながら空を見た。星が出ていてよかったと思った。


「——森若さん、いいかしら」

定時を少し過ぎたあたりで織子が経理室に入ってきた。

あれから数日、何事もなかったように日は過ぎた。勇太郎も沙名子も、もちろん千晶も優芽も、淡々と業務をこなしている。

　今日の仕事が終われば有給休暇、と沙名子は自分に言い聞かせている。あれ以来どうにも調子が出ず、予定外に休むことにした。勇太郎に言うと少し気まずそうに、ゆっくり休んでくださいと言われた。

　勇太郎と沙名子は似ているところがある。他者に弱みを見せたがらない。

　そのことはわかっていたのに。仮に勇太郎の倫理観を指摘するにしても、別の言い方があっただろうに。

　沙名子は自分の冷たさに気づいて落ち込んでいる。私情は仕事に持ち込むまいと思っていたのに、自分から破ってしまった。

　だがＵＳＢメモリを織子に渡したことへの後悔はない。すっきりしているくらいだ。忘れたつもりでも、心の奥底でずっとひっかかっていたのだろう。

　織子が沙名子の目の前に来た。微笑(ほほえ)んでいる。

「はい、なんでしょうか」

　沙名子は答えた。この女が勇太郎をおかしくしたのだと思うと理不尽だが憎らしい。

「特に何ってわけでもないんだけど、話してみたくて。森若さんも女性最速で主任になって、思うところがあるでしょ。今日の夜——明日でもいいんだけど、時間ありますか？」

「今日は残業になります。明日はお休みをいただいているので無理です」

「残業くらい終わるまで待ちますよ。森若さん、これに見覚えある？」

織子は声をひそめ、沙名子の手もとにさりげなくUSBメモリを滑らせた。

「──あるかもしれません」

沙名子は諦めて答えた。

「よかった。じゃスマホにメールを送っておきますね」

織子はUSBメモリをすばやく握り、にっこりと笑った。

タスクはまだ終わっていなかった。知らんぷりをしようかと思ったが、織子の態度からして無駄だ。弱みを握った側のはずなのに、脅されているような気持ちになるのはなぜだ。


「よかった。わたし、森若さんと一回飲んでみたかったんですよ」

織子が指定してきたのは洋風の居酒屋だった。完全個室になっていて、扉を閉めると密閉された小部屋になる。窓が広く取ってあり、歩道を見下ろす形になる。スーツを着た男性や会社員らしき女性たちが街灯に照らされて歩いているのが見える。

「わたしはお酒は飲まないんです」

「まったく飲めないわけじゃないんでしょう?」

織子は沙名子の言葉を聞かず、赤ワインのボトルを注文した。沙名子は慌ててノンアルコールビールを追加する。

生ハムとオリーブが来たところで、織子はバッグからＵＳＢメモリを取り出した。電源のところにセロテープでわざわざ貼っておくのなんて、森若さんくらいですよね」

「これね、びっくりしたわ。なんだろうと思って見て、血の気が引いたわよ。電源のところにセロテープでわざわざ貼っておくのなんて、森若さんくらいですよね」

……セロテープがまずかったのか……。

頭に血が上っているときでさえ、ついつい事務社員のスキルを発動してしまう自分が情けない。はがれただの見当たらなかっただのという言い訳を潰すため、何かを社員のデスクに置くときは固定する癖がついているのだ。

「──興味がおありかと思ったものですから。不要なら破棄してください」

沙名子は言った。

人の家庭に立ち入ったのは悪かったと思うが、謝りたくはなかった。謝るくらいなら最初から織子に動画を渡したりなどしない。

不思議なのは織子の機嫌がいいことである。沙名子を怒ってはいないし、夫を責めたり取り乱したりする風もない。これくらいわかっているということなのか。それともショックなど受けないくらい夫との仲が冷えきっているのか。

「撮ったのは森若さんですか？」

織子は事務的に尋ねた。

「たまたま新宿に行ったときに見かけて、皆瀬さんの旦那様だということに気づいたんです。思わずスマホで録画してしまいました。それだけです」

「新宿なのね。上品な場所じゃないものね。言いたくない気持ちはわかりますよ」

「歌舞伎町です。友人と待ち合わせをしていて。本当に偶然です」

別の方向で誤解されているようだが、言い訳するのも変である。

見返したことはないが動画の内容は覚えている。それらしいホテルのエントランスで皆瀬知也が女性とキスをしている映像である。美男美女なので、腹が立つくらい絵になっていた。ふたりで何かをささやきあい、ぴったりと体を寄せ合ってホテルに入っていくところまでしっかり撮ってしまった。

「――撮るべきじゃなかった。そのことについては反省しています」

沙名子はノンアルコールビールを口に運びながら言った。

織子は慣れた手つきでボトルからふたつのグラスにワインを注ぐ。ひとつを自分が持ち、ついでのように沙名子の前にもうひとつのグラスを滑らせる。

「反省することないわよ。撮ったのは今年の春でしょう。どうして、今になってわたしに渡そうと思ったの？」

「勇さんに」

沙名子は言葉を飲み込んだ。

勇太郎に幸せになってもらいたかったからだ。つきつめるとそういうことになる。

勇太郎がまわりに振り回され、いいように使われているようで見ていられなかった。会社に重責を負わされ、熊井に利用され、織子にも遊ばれているのではないかと思った。これから何年もたったとき、勇太郎に何も残っていないのではないかと思うとたまらなかった。

証拠をつきつけて、織子と夫、または勇太郎との仲を、壊してやろうと思った。

あのときなぜ突然、激情に駆られたのかわからない。いちばん長く仕事をしている同僚として、入社当時からの働き方のロールモデルとして、勇太郎には私的な思い入れがあったということか。勝手に思い入れて勝手に裏切られたと思い込む。嫌いな行動パターンのひとつを、自分がやってしまったのだろうか。

勇太郎にはどこか暗い、ひとりで何かを背負っているようなところがある。

織子は沙名子の言葉を待っている。

「――田倉さんに、会社を辞めてもらいたくないからです」

沙名子は言った。いっそ自分のためだと思ったほうが揺らぎはない。

「わたしは気にしませんが、会社に知られたらどうなるかわかりません。結果はどうあれ、皆瀬さんに何らかの決着をつけていただきたいと思いました。田倉さんの精神状態が不安定なので、このままでは仕事に差し障りがあります。そうなるとわたしが困るんです」

「そうかなあ、勇太郎、この間会ったときは明るかったわよ。やっぱり男って、出世すると変わるんだなって感心しちゃったわよ」

織子は生ハムをフォークでぺろりと食べた。勇太郎のことを隠そうともしない。むしろ嬉しそうだ。そんなに沙名子を信用していいのかと心配になる。

勇太郎は織子と会うときに明るいのか。想像つかないが別に想像したくもない。

「勇太郎も同じようなことを言ってたわ。森若さんに辞められると困るけど、辞めるなとも言えないって。あなたたち、相思相愛なの？」

沙名子は勇太郎から将来の予定について訊かれた。訊きづらそうだった。あのあと勇太郎は織子に相談していたということか。

「使い慣れた備品のようなものです。スペアを使えるようになるまで時間がかかります。会社が適切な人員配置を怠った結果です」

「適切だと思うけどな。森若さんに備品って言われたら勇太郎は傷つきそう。辞めてもらいたくないなら、あなたから辞めないでって言えばいいんじゃないの。頼りにしてるから、いないと困るんですって。森若さんの言うことなら従うかも知れませんよ」

「いいえ」

沙名子は首を振った。

勇太郎は沙名子の言うことには従わない。だが織子の言うことなら従う。情に弱いのだ。沙名子もそうだ。太陽に言われると納得していなくても従ってしまうことがある。

自分が幸せになりたいかどうかって話です。人の幸せに奉仕するんじゃなくて
織子は二杯目のワインをグラスに注ぎ、ゆっくりと飲んだ。

「田倉さんからプライベートな悩みを聞くことがあるんですか？」

沙名子は尋ねた。

「たまにね。自分のことは話さない人だけど、わたしが聞きたがりだから」

「今度、友人関係について尋ねてみてください」

「どうして？」

「以前、田倉さんの友人が製造部で不正を働いたことがありました。最近また、彼について悩まれていたようなので」

「あのとき辞めた人のこと？　わかったわ。勇太郎のフォローはするわよ。──かわりにといったらなんだけど、この映像について証言してくれないかしら」

沙名子は織子に目をやった。

織子はソファーに深く座り、窓の外を見つめながらワインを口に運んでいる。ストッキングに包まれた足がすんなりと斜めにのびている。

「今ね、知也に離婚を切り出しているんだけど、彼が離婚しないって言い張っているの。ずっと浮気してたくせに認めなくて。このままだと調停や裁判になるかもしれないのね」

織子は淡々と言った。

「──ああ……」

沙名子はつぶやいた。

やっと織子が機嫌のいい理由がわかった。ロッカールームで聞いた話とは違うが、こういうのはそれぞれの立場で言い分がある。

織子はスマホを取り出した。USBメモリの動画を取り込んでいるようだ。無表情で再生ボタンを押す。沙名子は見たくないので目をそらした。

「これを見てショックだったけど、やっと吹っ切れた。これまではほんの少し、知也の言うとおりなんじゃないかと——浮気なんてしてないんじゃないかって思ってたのね。好きだったんだと思う」

「離婚なさるんですか」

「するわよ。だからあなたと話してるの。これだけじゃ証拠にするには弱いでしょ。演技指導だとかって向こうが言い張らないとも限らない。——念のため訊くけど、これは演技ってことはないわよね。まわりに人はいなかった？」

織子は沙名子に静かに尋ねた。

美しい女性だと思った。憎しみと優しさが混在して、不思議な迫力がある。愛した男との別れを決意すると、女性はこういう顔になるのか。

機嫌がいいと思ったのは間違いで、決意が固まって気持ちが高揚しているのかもしれない。離婚ハイ。そんな言葉があるかどうかは知らないが。

「いません。ふたりだけです。あの場所に行くまで腕を組んで歩いていましたし、なんというか……見たままの感じです」

「そう。──知也に、そのことを言ってもいいかしら。どう出るかはわからないけど、もしも証言する必要ができたらしてくれる？　あなたの秘密は守るから。浮気をするような男、あなたも許せないでしょう」

浮気をしているのは織子も同じである。夫は知らないようだが。

この映像は半年以上前だが、織子と勇太郎は現在進行形だ。

以前も思ったことがあるが、織子は少し壊れている。いつからなのだろう。

織子はこれまでにないくらい美しく、自信たっぷりに沙名子に取引を持ちかけていた。

沙名子に断られるとは思ってもいないようだ。

「かわりに勇太郎とは決着がつくまで会わないようにする。もしも会社にばれたらわたしが辞めるわ。勇太郎には辞めないように言う。それがあなたの望みなんでしょう」

「──わかりました」

沙名子は了承した。

織子は善良でも真面目でもないが、頭がよくて胆力がある。そのくせどこか危なっかしくもある。こういう女を魅力的というのだ。

辞めるというのは織子のキャリアで言うには重い言葉である。証言など考えるだけで気が重いが、取引材料としてはイーブンだと思う。ここが落としどころだ。

この際、織子にはさっさと離婚してもらいたい。どうやら織子も勇太郎に情があるらしいし、織子が独身になれば倫理的に責められることはない。沙名子も晴れて無関心になれるというものである。

「森若さん、彼氏いるの？」

喉が渇いていた。やっと落ち着いてノンアルコールビールを飲んでいたら、突然尋ねられた。むせそうになった。

「――言う必要はないと思います」

「いるんだ。そうよね、いるよね。大丈夫、誰にも言わないわよ」

織子の瞳が好奇心に輝いている。沙名子は答えなかった。ノンアルコールビールがなくなったのでワインに口をつける。思っていた以上においしかった。

こういうときに嘘をつくか否定しないでおくか、そろそろ決めなくてはならないと思う。

「じゃ、ここでこの話はおしまい。別の店へ行かない？　おいしいものを食べながら話しましょうよ」

「結構です」

沙名子は言った。

織子のような女には気をつけなくてはならない。うっかり魅了されてしまいそうで怖い。

「皆瀬さん、田倉さんの……どこがよかったんですか？」

沙名子は最後にひとつ尋ねた。これぱかりは考えてもわからなかったのである。

「どこがとかそういうの、考えてもどうにもならないでしょう。好きになっちゃっただけよ」

織子はにっこりと笑ってグラスを掲げた。ボトルにはまだワインが残っている。


「――織子さん、旦那さんと別居したらしいよ」

「なんでわかるの？」

「皆瀬知也のブログにね……」

総務部の女性社員たちがひそひそと話しながらロッカールームを出て行く。どうやらこれから飲みに行くらしい。週末のロッカールームはいつもよりも少し浮き立っている。

浮かれているのは沙名子も同じだ。残業も予定もない週末は久しぶりなのである。

沙名子はロッカーの鏡に向かって髪を梳かしながら、今日と明日の予定を頭の中で確認する。

今日はお寿司を食べて帰る。トロとウニは必ず食べる。お寿司を食べている間は、太陽からメールがあっても出ない。帰ったらゆっくりお風呂に入る。

お風呂あがりにゆずのシャーベットを食べて、『運命の女』を観ながらビールを飲む。つまみは柿の種とカマンベールチーズ。このところ忙しくてマニキュアもできなかったので、久しぶりに爪を派手に塗り直す。

明日は午前中に家事をすませ、図書館とクリーニング店と少し遠い大型スーパーに行く。あとは本を読みながらのんびりする。

仕事は一段落ついたし、勇太郎のことは織子に預けていったんクリアしている。ひとりで過ごす自由な週末。これこそがしみじみとした幸せである。

と思いながら化粧を直していたら、ロッカールームに千晶が入ってきた。

「――あ、森若さん！　ちょうどよかった。お礼を言いたいと思っていたんです」

千晶はにっこりと笑った。

「お礼？」

沙名子はぎくりとする。今日は相談があっても必ず断るぞと決意しつつ聞き返すと、千晶はうなずいた。

「この間の名古屋の件です。織子さんからお聞きしたんですが、森若さんとお食事をされたそうですね。森若さんから織子さんに頼んでくれたんですよね」

「……はい？」

沙名子は千晶を見た。意味がわからない。

織子と会ったとき、千晶のことはまったく話題にあがらなかった。ついもう一杯ワインを飲んでしまい、スペインオムレツを食べながら織子の仕事の愚痴を聞いたくらいである。

「出張の件です。織子さんから言われました。次の収録は年末らしいんですけど、優芽ちゃんではなくて、わたしが一緒に行くことになりました」

「ああ……はい。よかったですね」

「お礼といったらなんですけど、今度、ランチをご一緒にいかがですか」

「結構です。わたしは何も言っていないですから」

「でも結果としてこうなったので」

「本当に結構です」

急いでポーチをロッカーにしまったところで、試着室のカーテンが開いた。

試着室から出てきたのは優芽である。

優芽はロッカーを開け、制服をハンガーにかけた。ブラウスだけは持ち帰るようで、畳んでビニール袋に入れている。

「あ、優芽ちゃん。よかった。謝らなきゃならないことがあって」

お礼を言ったり謝ったり、千晶は忙しいなと思いながら沙名子はバッグを持った。

「なんですか」

優芽はトートバッグに本を入れながら言った。

「この間の、ロッカールームのお掃除の件です。優芽ちゃんに一週間お任せしてしまって。わざとじゃなかったんですけど、申し訳なかったなって」

「え……ああ。よかった。掃除の仕方が悪かったのかと思った。なんで室田さんが謝るのかわかんないです。次は室田さんがお願いします」

優芽はほっとしたように答えた。

「はい。次はわたしがやりますよ」

「掃除するのはいいんですけど、この決まりって不公平感がありますよね。ほかの部署との間で」

ほかに誰もいないせいか、優芽はぽろりと愚痴を漏らした。

「企画課は三人、経理部は三人、広報課はふたり。人数違うのに日数は平等って。わたしが入ってくるまで室田さん、ひとりでやってたんでしょう。誰も何も言わなかったんですか。いっそ業者に任せたほうがいいと思うんですが、どう思われますか」

「わたしは大丈夫。優芽ちゃん、わたしのことは千晶ちゃんって呼んでください。せっかくだから仲良くやろうね」

千晶はことさら和やかに優芽と話している。沙名子がそこにいるのを意識していると考えるのは考えすぎか。千晶は人当たりがいいが、なかなかややこしい女性だと思う。

「室田さんて、なかなかややこしい人ですよね」

会社を出て少し歩いたところで、優芽が言った。

方向が同じなので一緒に歩いていたのだが、優芽から話しかけてくるとは思わなかった。優芽は社員とは距離を置くタイプだと思っていた。

「そうかもしれませんね」

沙名子は同意した。

それからふと気づいて尋ねてみる。

「ロッカールームのお掃除、橋口さんが一週間やるって言ったんですか？」

「そうです。今回はわたしがやるから、当番が来たら一週間ずつ交互にやることにしたらどうですかって提案したんです。次は室田さんに全部やってもらうつもりでいるんで、申し訳ないとか言われると困ります」

「そうだったんですか」

「面倒なことは早めにすませたいし、毎日交代するのって忘れそうじゃないですか。三カ月に一回、三日やるより、半年に一回、一週間やったほうがよくありませんか」

沙名子は千晶に謝りたくなった。掃除当番は千晶が優芽に押しつけたのではなかった。千晶の意地悪を疑ったのは考えすぎだった。

掃除当番は毎日の順番でまわすのが慣例だったが、一週間ごとにするとは思いつかなかった。そのほうが楽なような気もする。今度、美華と真夕に提案してみようと思う。

「名古屋の出張とか、そんなに行きたいものですかねえ」

優芽は不思議そうに言い、重そうなトートバッグを肩にゆすりあげた。

「橋口さんは行きたいとは思わないんですか？」

「出張するのはいいですが、室田さんを傷つけてまで行きたくないです。皆瀬さんから打診があったとき、そう言いました。そもそも仕事の内容をはっきりと教えてくださらないし、そういうのは好きではないので」

「皆瀬さんはなんて仰ったのですか？」

「行けばわかるわよとかなんとか。皆瀬さんの気まぐれにつきあわされるのはちょっと嫌です。室田さんも、そういうのがあるから疲弊するんでしょう。わたしのことを気に入ってくださっているのはありがたいんですけど、わたしは契約社員なので、そこは線を引きたいです」

沙名子は微笑んだ。優芽は意外と優しい。千晶が疲れていることに気づき、傷つけたくないと思っている。

「皆瀬さんは、橋口さんのことを気に入っているんですか」

「はっきりとものを言うところがいいと言われました。真に受けてはないですよ。室田さ

自分が幸せになりたいかどうかって話です。人の幸せに奉仕するんじゃなくて
んと比べられるのは勘弁してほしいです。

皆瀬織子さんは広報プランナー、プレスとして才能あると思うし、室田さんが尊敬しているのもわかるんだけど。思いつきの言葉にいちいち一喜一憂してたらもたないと思います。人のために仕事していたら疲れちゃいますよ。室田さんは一生懸命、皆瀬さんに従って仕事しているのに、そこを否定されるのはあんまりです」

「皆瀬さん本人は、あまり考えていないのだと思いますが……」

「──か、ものすごく考えているか。どっちかですね」

優芽はさらりと言った。

沙名子は真夕のことを思い出している。

織子は真夕が新人だったときに千晶を呼んで真夕の仕事を手伝わせた。千晶のほうが仕事ができるので真夕は自信を失い、広報課から経理部に異動になった。

どうやらこれは織子のやり方らしい。あるいは千晶のときの成功体験か。立場の違うふたりを競わせれば、双方ともに負けまいとするから仕事の効率があがる。

かわりにふたりの不仲、どちらかの自信喪失という副産物がある。優芽はそこを見抜いて乗らなかったというわけだ。

「皆瀬さんて危険な香りがするんですよね。三時間以上ふたりきりで一緒にいちゃいけないぞ、みたいな。わたしが人生経験なくて、若輩者だってことなんだと思うけど」

「危険な香り」

沙名子は思わず笑った。沙名子もつい最近、同じことを考えた。

「皆瀬さんに見る目はあります。新しい契約社員に橋口さんを選んだくらいですから」

「なんでですかね」

「能力があるからでしょう。仕事が早いから暇そうに見えてしまうけど」

沙名子は言った。

優芽は仕事ができる。パソコンの扱いに慣れていて事務処理を間違えたことがない。ショールームで誰かが石鹸について尋ねたとき、短くも的確な説明をしていた。口数は多くないが言うべきことは言う。ロッカーや制服を使いたいと思ったらさっさと総務部と交渉する。アイデアがあったら提案する。自己主張も、不要な言葉をスルーする力も、他人を認める素直さもある。

ショールームのインテリアも、最低限の飾り付けを一日でやってしまった。千晶だったら一週間くらいかけてあれこれとしてきたものである。可愛らしい絵を人前で時間をかけて描いたりしないだけだ。全体的に無駄がないのである。

織子の人を選ぶ目は確かだ。――恋愛の相手を除いて。

「仕事は早く正確に終わらせる主義です。時間を有効に使いたいので」

優芽は言った。仕事の方針については沙名子と気が合う。

自分が幸せになりたいかどうかって話です。人の幸せに奉仕するんじゃなくて

「これまでにもこういう仕事の経験があるんですか？」

「商社に勤めていて、買い付けを任されていました。即断即決するのはそのころの癖かもしれません」

「前職は派遣社員と聞いていましたけど、違ったんですか」

「あ」

優芽は小さくつぶやいた。

「内緒にしているんで、ほかの人には言わないでくださいね。派遣をやってたのは商社を辞めたあとの半年間です。でも派遣って思っていたほど自由がなくて。家の近所で楽そうなアルバイトを探して、ここを見つけたんです」

「なんだかもったいないですね」

「募集要項にないスキルを使うほうがもったいないと思います。給料安いんだから」

「正社員になりたいとは思わないんですか？」

「そう思うなら就職活動します。――わたしは起業したいんですよ」

道路の向こうに駅が見えてきていた。優芽は重そうなトートバッグを肩にゆすりあげ、暗くなった空を見つめる。

「起業――会社を興（おこ）すってことですか？」

沙名子が尋ねると、優芽はうなずいた。

「はい。今はその準備があるので、ほかのことを考えたくないんです」

「──そうだったんですか」

「森若さん、一緒にやりますか？」

そして優芽は沙名子を誘った。

地下通路はすぐそこだった。沙名子は思わず優芽の顔を見る。

優芽の瞳はこれまでになくまっすぐで強かった。沙名子はバッグの持ち手を握りしめ、野心にあふれる年下の女性を見つめる。

ジャッジされているのは自分のほうだったのか。考えてもみなかった。

「わたしは、天天コーポレーションの仕事がありますので」

「そうですよね」

優芽はにこりと笑った。

じゃ失礼します、と言い、地下通路を通り過ぎる。沙名子はいつも通り地下に入る。

手のひらが汗ばんでいた。優芽の言葉が冗談だったのか本気だったのかわからない。

沙名子は動揺している。優芽はどうして沙名子を誘ったのか。もしかしたら大きなものを逃してしまったのではないか、流れようとしていた川の水をふさいでしまったのではないかと思う。毎日見ている帰宅の風景が、まったく違うものに見えてくる。

休日の新宿は賑わっていた。

太陽と休日に会うのは久しぶりである。いい日本料理の店を見つけたので、取引先の接待に使う前に下見をかねて行ってみたいと言われた。

となるとあまりラフな格好はできない。沙名子は胸もとが少し開いたブラウスとスカートを着ている。ネックレスに合わせて買ったので、着てくるのは初めてだ。

待ち合わせの書店に予定より早くついてしまった。沙名子は店先でハードカバーの本を眺め、ふと視線を感じて顔をあげた。

視線の主は歩道にいる。

ミニスカートに淡いブルーのコートを着た、千晶だった。

千晶は歩道のすみでひとりで立ち、つやつやした真っ黒いボブに覚えがある。少女っぽい服装と能

見間違いかと思ったが、つやつやした真っ黒いボブに覚えがある。少女っぽい服装と能面のような表情が合っていない。こんな顔をした千晶を初めて見た。

千晶は沙名子が気づいたことに気づいた。はっとしたように目をそらし、顔をそむける。そのまま体を翻（ひるがえ）し、背中を向けて早足で歩き出す。

避けられたのは明らかで、沙名子は拍子抜けする。千晶だったら愛想良く駆け寄ってくるかと思って身構えていたのである。

服装からして千晶も男性と会うのかなと思った。ということは、相手は立岡だろうか。

「――沙名子、待った？」

何か腑に落ちないものの、デートを前にして会社の人間と会いたくない気持ちはわかる。相手が逃げてくれるならよかった――と思っていたら、太陽が手を振りながら駆け寄ってきた。

「うん。少し。本を眺めてたから退屈はしなかった」

「よかったよかった」

「珍しいね。そういう服って」

太陽は黒のパンツとシンプルなニットの姿である。普段は明るい色の服が多いのだが、シックなのも悪くない。

太陽は照れくさそうにニットの胸もとをつまんだ。

「これ、昨日ジーユーで買った。何着たらいいかわかんなくて。休日にスーツ着るのもなんだし、いい店にパーカーで行くわけにもいかないじゃん。俺、間の服がないんだよ」

「似合ってるわよ」

クリスマスプレゼントにカシミアのニットを贈ろうと思った。おそらく当日は無理だろうが、太陽のことだからどこかで会おうとするだろう。沙名子の当面の悩みは、クリスマスをどう過ごすかである。

「どこかで葉書を出したいんだけど、このへんにポストないかな？」

沙名子が言うと、太陽はスマホを取り出した。

「近くに郵便局があるよ。反対方向だけど、時間があるから歩こうか。俺も少し歩きたい気分。休日の沙名子可愛いからな」

太陽はゆっくりと歩き出した。表通りから一本奥の道に入っていく。

「行ったことのない道を行くのっていいよね。見たことのなかったものを見られるから。近くにあっても案外、初めて見るものってあるんだよね」

太陽はときどき名言を吐く。

数分歩いたところで郵便局が見えてきた。沙名子はバッグから葉書を取り出し、投函(とうかん)する。出席に○をつけた結婚披露宴の返信葉書が、ゆっくりとポストの中に落ちていった。

# 第四話 たまには悔しいこともあるわけですよ、俺だって

「――森若さん、パラカフェの昨年度の決算書と今年度の予算書見せてくれる？」

沙名子がデスクで仕事をしていると、会議を終えた新発田部長と勇太郎が経理室に入ってきた。

新発田部長は総務部の実務が落ち着いて、最近になって経理部のデスクに戻るようになっている。美華も大きい数字を扱うようになって仕事にやりがいを見いだしているようだ。年末にむけて細かい仕事は多いが、会議が少なくなり、ルーティンが安定して沙名子にとってはやりやすい。

「はい」

沙名子は引き出しを開け、ファイルを開いて勇太郎に渡した。勇太郎は立ったままファイルを読む。

「今年度は昨年後半とほぼ同じだと考えていいですか」

勇太郎はファイルから目を上げずに沙名子に尋ねた。

「そうですね。売り上げは今年になって少し上がっています」

「この数字はどういうこと？」

「これはクリスマスイベントの経費です。去年はイレギュラーのトラブルがあって予算をオーバーしました。内容は終結稟議書に添付してあります。通常通りなら予算内でおさまると思います」

「——なるほど」

勇太郎は書類をじっと眺め、思いついたように顔をあげた。

「森若さん、ブルースパの決算書を見てる？」

ブルースパというのは天天コーポレーションが吸収合併する会社である。正式名称は篠崎温泉ブルースパ。関東で『藍の湯』というスーパー銭湯業務を手がけている。沙名子は担当者なのである程度の数字は見ている。

勇太郎が言い出すということは雑談ではない。沙名子は少し身構える。

「見ました。問題はないと思います」

勇太郎はうなずいて、沙名子にファイルを返す。

「来期から、パラカフェの事業をブルースパに引き継ぐかもしれない」

勇太郎は言った。沙名子は少し眉をひそめる。

「『藍の湯』を営業部の事業に入れるのではなく、本社の別部門として銭湯の部署を立ち上げるということですか？」

「そう。子会社ではないけれど、向こうのほうが銭湯の事業経営には慣れているから。新しい部署を作って、ブルースパの部長以下をそのまま移行する形になると思う。そうなったらパラカフェも向こうの管轄に移ることになる。事業所は当面このままか、作るとしても研究所のほうになる」

「わかりました。決定ですか」

「前向きな検討段階、といったところかな。決定したら内々で連絡します。正式決定するまでほかの社員には言わないでください」

「営業部の担当者にもですか？」

「そう」

「わかりました」

　勇太郎は席に戻ろうとしてふと立ち止まった。

「──専務のことだけど。森若さん、結婚の話は知ってた？」

　美月（みつき）は別として、この話題を社内で最初に聞くのが勇太郎からだとは思わなかった。勇太郎は男性社員であっても一線を引いて飲みにも行かないタイプである。

　天天コーポレーションの次期社長、円城格馬（えんじょうかくま）と美月の披露宴は二月だ。招待状も届いているし、秘密にしきれない時期である。沙名子が美月と同期社員で、そこそこ仲がいいということは勇太郎も知っている。

「はい」

「そうか……」

　勇太郎は面倒そうな表情をしていた。勇太郎が結婚披露宴に行くことはないだろうが、専務や幹部社員の側で何かのフォローをさせられるのなら同情する。

「——まさか専務とカガミッキーがつきあってたとはなー」

社用車の助手席で、鎌本がぶつぶつとつぶやいている。

太陽は車のハンドルを握りながら、この話題は何度目だろうと思う。助手席に座っているときの鎌本は社内よりも毒舌である。

今日は鎌本とともに北関東のドラッグストアとスーパー銭湯を回ってきたところである。

これからパラカフェへ行き、最終確認の会議に出席する。パラカフェのメイン担当は太陽だし、鎌本は会議を終えたら直帰する予定なので気楽なものだ。

パラカフェ——天天コーポレーションが経営する『パラダイスバスカフェ』は、北関東にあるスーパー銭湯兼大型のカフェである。使っている石鹸や入浴剤はすべて天天コーポレーションのもので、併設されたカフェと日替わりの変わり湯が売りである。

オープンして二年目だが、売り上げは順調だ。最近では料理も評判になり、地域の人だけでなくカップルや学生たちが遠くからわざわざやってくるようになった。

「いいんじゃないですか。学生時代からのつきあいらしいし、昨日、山崎さんが開発室行ってミッキーさんと話したけど、普通だったたって」

太陽は適当に答えた。そんなことよりもパラカフェのクリスマスイベントのことで頭がいっぱいである。去年の反省と成果を生かし、なんとか集客につなげたい。

「って言ったってさあ……。カガミッキーだってもうすぐ三十だろ？　専務、早まりすぎだと思わない？　もっと若い子と結婚できただろうにって思って」

「年齢は関係ないですよ」

「いやあるって。どうせ結婚したら養ってって言ってくるんだろ。社長めあての女なんて、そうに決まってる。それが許されるのは二十五まで」

「ミッキーさんはどうですかねえ」

「しっかしカガミッキーが結婚したとなると、森若あたりはギリギリしてそうだな」

鎌本はこういう話題になると必ず沙名子の話題を出してくる。いつも悪口になるのだが、あまりに頻繁なので、最近はひょっとしたら鎌本は沙名子のことが好きなのではないかと思ったりする。

太陽は信号に目をやり、さりげなさを装った。

沙名子と交際していることは社内では秘密である。そろそろつきあいも長くなってきたことだし、公表したらいっそ楽になると思うのだが、沙名子は社内に知られるくらいなら友達に戻るというので従うしかない。

友達に戻る、というのが沙名子の可愛いところである。別れるとは言わないんだ？　と言ったら、口に出したくないとそっぽを向いた。そうなるのが嫌だから秘密にしてと言ってるの。

　別れたくないらしい。言葉にするのも嫌らしい。つまり好きだということだ。

　沙名子は可愛い。そんな沙名子を彼女にした太陽は偉い。

「ギリギリとかしますかね、森若さんが」

「そりゃそうだろ。三十だよ。普通は焦るだろ」

「二十九歳ですよ」

「まだ二十代か。どうしてもっていうなら俺がもらってやってもいいけどな」

　太陽は急ブレーキを踏みそうになる。

「なんですかそれ」

　思わず尋ねると、鎌本は鼻をふくらませた。

「森若は出世しそうだし貯金ありそうだろ。土下座して頼んできたら結婚してやらんでもない。ただし仕事を辞めることは許さない。給料は俺が没収で、金の管理は俺の母親。家事育児は全部やること。夕食のおかずは三品以上。そうでもなきゃ結婚に男のメリットないだろ」

「鎌本さん……。そういう生活がいいんですか」

　さすがに引いて太陽はつぶやいた。おかず三品は魅力だが。

　鎌本の女性観、結婚観はどこかおかしい。年齢とともにだんだんエスカレートしているようだ。これまでよほどよくない女性とつきあってきたのかと心配になる。

「そうじゃなきゃなんのために結婚するんだよ」

「いやーわかんないです。俺は、みんな元気で楽しいのがいいです」

鎌本には樹菜（じゅな）という恋人がいるはずだ。夏までは彼女の話を促せば機嫌がよくなったのだが、最近どうなっているのかわからない。別れたわけではないらしい。こういうときはおいそれと話題にするわけにもいかない。

太陽はハンドルを切った。

もうすぐパラカフェが見えてくる。外観からして有名な建築士に頼んだお洒落な建物なのである。今年のクリスマスイベントはどういうものにするか、太陽は気持ちをひきしめて考える。

できるなら仕事で、目に見える形で成果を出したい。これが最近の太陽の一番の望みだ。入社して五年。二十八歳なのだから、そろそろ戦略的に仕事をしなければいけないと思う。


会議は長くかかったが満足のいくものだった。

去年好評だったリビングフロアの大きなクリスマスツリーと年末くじは継続。夕方にピアニストを呼んでミニコンサートを開き、客は床に座ってくつろぎながら聴く。子ども向けには別に、小さなクリスマスツリーとおもちゃを置いた部屋を用意する。

　二十四日と二十五日は食堂のエリアで大きなケーキを切り分けてサービス。サンタの扮装をした演者を呼び、客たちに割引券を配る。

「折衷案は好きじゃないんだけどね。去年、大きなクリスマスツリーが好評だったから。これはこれで飾りがいがあるわよ」

　インテリアデザイナーの曽根崎メリーは、会議終了後にわざわざ太陽を呼び止めて言った。

「吉村部長にもOKもらっていますから。今年は大丈夫だと思います」

「頼むわよ。あとからひっくり返されると困るから。今日は吉村さん、どうして来なかったの？」

「二年目なんで、様子はわかってるってことだと思います。パラカフェは俺と鎌本さんがちゃんとやりますから大丈夫です」

「太陽くんが信用されてきたってことかな」

　メリーはいたずらっぽく言った。軽口だとわかっていても嬉しい。

　吉村部長が今日の会議に来なかったのは意外だった。抜けられない用事があったわけではないし、去年は自分から細かい提案をしてイベントを推進してきたのである。

「太陽、おまえクリスマス、パラカフェ来るの？」

帰りの車を運転していたら、鎌本が尋ねてきた。

クリスマスをはさんだ一週間はイベントがいちばん佳境なときである。そのあとでインテリアをお正月向けに一気に入れ替えなくてはならない。

「来ますよ。今年は、二十四、二十五日は夜までいる予定です」

「おまえ彼女いるんだろ。それはいいわけ？」

「そのへんは大丈夫です」

太陽は言った。

クリスマスイベントの稟議書は経理部にも提出済みなので、知らせるまでもない。かわりに仕事納めの二十九日の夜に沙名子と会う予定である。沙名子も今年は少し忙しいらしい。遠出ができないのは残念だが、忘年会をかねてゆっくりと過ごそうと思う。

「うまくいってんの？　女ってわがままじゃん。そういうことしてたら、すぐに別れるとか言い出すんじゃないの？」

「大丈夫ですよ。──鎌本さんこそ、樹菜さんとふたりで過ごすんですか？」

面倒くさくなって太陽は言った。沙名子に限らず、太陽の元彼女は話せばわかるタイプばかりである。

「……ああ、まあ……俺はそう思ってるけど。彼女は忙しいからまだ」

「十二月忙しいですよね」

鎌本を都内の駅で降ろすと、太陽は少し離れたコンビニの駐車場で車を停め、沙名子にメールを打った。もう定時は過ぎている。

会議終わった！
パラカフェのクリスマスイベント、決まったよ
忙しくなるけど頑張るわ

よかったね。


沙名子からの返事はすぐに来た。

冷たいようだがとっくに慣れた。沙名子は余計な雑談はしない。仕事について話すときは、何か意味があるときだ。主任になってからますますその傾向が大きくなっている。

口には出さないが沙名子にも悩みはある。そういうときは少し弱気になって甘えてくる。

だから、そっけないのはいいことなのだ。

主任か……。

太陽はハンドルをつかんだまま運転席に沈み、かすかにため息をついた。

おそらく太陽が沙名子の年齢で主任になるのは無理だ。それはいいのだが——仕方ない

のだが、明らかな能力の差をつきつけられているようで、同じ会社というのも考えものだなと思う。

太陽からのメールを受け取ったのは、沙名子が仕事を終え、足取り軽く寿司屋へ向かっていこうとするときだった。

……なぜこんなときに送ってくる。

気づかなければよかったのだがもう遅い。沙名子は簡単に返事を打って、スマホの電源を切った。

仕事に一区切りがついたとき、この店でお寿司を食べるのは沙名子の楽しみである。太陽には言っていない。言ったら自分も行ってみたいと言い出すに決まっているからだ。回らない寿司といっても駅ビルのイートインで、カウンターのみなので入りやすい。若いほうの料理人、椙田の前の席が空いているのを確認し、沙名子は中に入っていった。

「いらっしゃい、何にしますか」

「コハダと、ウニと、鉄火巻きと……。何かいいのがありますか」

「タイの昆布締めはいかがでしょう」

「じゃあそれで」

梠田の声は低くて耳に快(こころよ)い美声である。疲れた心に染み渡る。

店員と口をきくのは本来好きではないのだが、彼だけは別だ。おそらく顔を覚えられているが、表向きは知らないふりをしてくれるのがありがたい。

コハダを食べながら、沙名子は太陽のことを考える。

太陽は今、パラカフェのクリスマスイベントにかかりきりである。去年は細かいトラブルがたくさんあったので、二年目の今年はなんとしても順調に成功させたいのだろう。

パラカフェはこのままでいけば三月で『藍の湯』と運営が統合され、営業部の管轄ではなくなる。太陽はおそらくパラカフェの担当から外れることになる。

太陽はほかにも担当を持っているが、パラカフェはメイン担当で、立ち上げからやっている。担当でなくなると知ったらショックを受けるだろう。

太陽に、仕事とは給料分だけ働けばいいのだとは言えない。淡々(たんたん)と仕事をして定時に帰る太陽など想像もつかないし、熱意のない営業マンの商品は売れまい。

しかしオーバーワークを美徳として放置すると、ずるずると利用される。会社員というものは、そのあたりを揺れながらバランスを取らなければならないものだと思う。

……などと考えるのは後付けだ。

沙名子は太陽の騒がしいところが好きなのである。世のため人のため、自社のために喋(しゃべ)りまくり、駆け回っていることこそが太陽の優しさで、得がたい美点だと思うのである。

この先、沙名子が太陽を超える男と出会うことがあるだろうか。いやない。

「タイの昆布締めです。どうぞ」

声は梢田のほうがいいということはさておき。

数カ月後に営業部からパラカフェが外れるということは太陽には言えない。守秘義務には慣れているが、これぱかりは心苦しい。


「山田、来週、出張な。竜村さんのところに納入、うちからも行くって言っといたから」

十二月の半ば、太陽が外回りから帰ってきてデスクにバッグを置いたところで、吉村部長が声をかけてきた。

「来週というと、いつですか」

太陽は尋ねた。

「二十四、二十五かな。年末はかき入れ時だから、向こうも客が多くて売り時だって。大阪の担当についていって、ついでに泊まっていいらしいから温泉入ってこいよ」

「え、二十四日って、クリスマスイブじゃないですか」

「だから何だ」

吉村部長は太陽をじろりと見る。

「今年のクリスマスはパラカフェでミニコンサートがあるんですよ。サンタのコスプレした人が来てくれて、プレゼント配ってくれることになっているんです。何があるかわかんないし、客層も見たいから、俺が立ち会わないと」

ホテル竜村は北陸の中堅どころのホテルチェーンが経営する老舗(しにせ)温泉施設で、アメニティとして石鹸を納入している。北陸は天天コーポレーションにとっては未開の地で、これを足がかりに販路を広げるべく、本社営業部と大阪営業所が一体となって攻勢をかけている。

それはわかっているが、本社の営業部員がメイン担当をほったらかして行く場面ではないだろう――ということを匂わせたつもりだったのだが、吉村には通用しなかった。

「ああ、そっちか。――鎌本、二十四と二十五の予定どうなってる。山田が出張になったんだが、パラカフェ行けないか？」

吉村はちょうど近くにいた鎌本に声をかけた。

「――調整すればなんとか、ですかね」

「じゃ調整して。よかったな山田、パラカフェは鎌本が行ってくれるって。大阪には二十四日の昼に到着すれば間に合うだろ。大阪営業所の連中と飯食って、あちこちで顔つないどけよ」

「……はい……。ホテル竜村て、山崎さんの担当じゃなかったでしたっけ？」

「んー、あいつはいろいろ持ってるからな」

俺だって持ってますよと言いたいが、吉村はもう太陽が行くものとして算段を始めている。吉村の強引さは知っているので引き下がるしかない。

「――おまえホテル竜村行くの？」

席へ戻ると、鎌本が声をかけてきた。

「行きますよ。仕方ないじゃないですか」

太陽はデスクにどさりとバッグを置いた。

さすがにふてくされたくなる。誰かが大阪に行かなければならないものなら、鎌本が行けばすべてが丸く収まるのにと思う。

吉村部長は最近、パラカフェに対して急速に興味を失っているようだ。業績は上がっているし、この先の展望も悪くないのになぜだろう。

「すまんな。俺、断ればよかったかな。吉村さんはいつもこうだよな」

鎌本は珍しく謝った。鎌本も太陽が熱心にパラカフェの仕事に取り組んでいることはわかっている。問題も多い先輩だが、こういうところがあるから嫌いになれない。

「鎌本さんのせいじゃないですよ。パラカフェのほう、よろしくお願いします」

「まあ頑張るわ。ちぇ、こっちは太陽に任せて適当にやってればいいと思ったのに」

「鎌本さんが本気出したら、きっと小針（こばり）さんもびっくりしますよ」

「小針ちゃんかあ。三十代じゃなければな」

軽口を叩いていたら、フロアに同僚の営業部員が入ってくるのが見えた。

山崎と立岡（たちおか）である。ふたりとも太陽の先輩だ。立岡は機嫌よく山崎に話しかけ、山崎はにこやかにうなずいている。

「お疲れさまです。新規開拓どうでした？」

「とれたわー。びっくりしたわ。老舗の大手は意外と狙い目だよな。でもまさか、サンライフプロダクトをやめてうちの石鹸にしてくれるとは」

太陽は、興奮ぎみに喋る立岡のうしろにいる山崎をこっそりと見る。

山崎は営業部のエースで、ときどき魔法のように新規顧客を開拓してくる。立岡よりも年下なのだが、中心になって営業したのは山崎なのに違いない。ホテル竜村のアメニティの件も、山崎が獲得したものだった。

太陽も同席したことがあるが、山崎の営業テクニックはよくわからない。流れるように話がすすみ、笑ったり怒ったり真面目（まじめ）に話し込んだりしているうちに、いつのまにか相手は山崎のアイデアと製品のすばらしさに感心し、営業が成立しているのである。

山崎はホワイトボードに次の行き先を書き、直帰と書いている。本当に行っているのかどうか怪しいもので、ほかの営業部員がやったら追及されると思うが、山崎には誰も何も言わない。

「山崎さん、竜村のほう、来週に納入があるみたいなんですけど、山崎さんは行かないんですか？」

太陽は試しに話しかけてみた。山崎が行くと言ったら太陽の出番はなくなる。

「ん、竜村？」

「ホテル竜村です。北陸の」

「あーあれか。うん行かない。担当を外れるって吉村さんには言ってある。太陽が行くの？」

「そうなったみたいです。このまま俺が担当になるんかな」

「吉村さんも粘るな。さっさと大阪営業所に渡せばいいのに。あの人も崖っぷちだからな」

山崎は苦笑した。さらさらの前髪が額に落ちる。眼鏡の奥の目はきれいに澄んでいる。女だったらさぞ美人だったのにと思う。

「いいじゃん、けっこうおいしい仕事だろ。どうせ行くなら温泉入ってくれば？」

「暇ならそうしたいけど、パラカフェがあるんですよ」

「パラカフェは軌道に乗っただろ。ここから先は誰でもできる。吉村さんは、太陽にしかできないことをさせようとしているんだと思うよ」

太陽は少し黙った。

「俺にしかできないことってなんですか」

「なんだろうな。俺も吉村さんに訊いてみたいよ」

　山崎はふわりと笑ってその場を離れた。

　そういうことなら頑張るしかない。太陽はデスクでパソコンをつけ、大阪営業所担当者あてのメールを書きはじめる。


　新幹線を降りたら外には雪が降っていた。

　年末、仕事納めの夜である。太陽は今年最後の日帰りの出張を終え、コートの襟をたてて東京駅を歩いている。

　クリスマスは無事に過ぎた。今年はパラカフェにトラブルはなかった。鎌本もまあまあ役にたったようだ。太陽は大阪のカラオケボックスで大阪営業所員の愚痴を聞き、たこ焼きを食べながらクリスマスソングを歌うはめになったが、そこそこ楽しかった。

　今日の出張先は静岡にあるビジネスホテルだった。初めての取引先だ。ホテル竜村から紹介を受けて、今日しか空いていないというので急遽決まった。担当者に天天石鹸と温泉入浴剤をプレゼンし、サンプルを置いてきた。去年まではこういうときは誰かについていくものだったが、今回はひとりですべてを任されている。

　改札口を出て丸の内駅舎まで行くと、細身のコートに身を包んだ沙名子が、丸い天井の下にぽつんと立っていた。

十二月は一回もふたりで会っていなかった。クリスマス前後は特に忙しくてそれどころではなかった。今日も出張が決まったのでキャンセルしようかと思ったが、沙名子はどうせ仕事納めだから、東京駅で待っていると言った。

沙名子がひとりを楽しめる性格なのはこういうときにはありがたい。

「沙名子」

沙名子は太陽に気づき、にこりと笑った。

沙名子からは近づくとわかる淡いグリーンの香りがした。大きめの紙袋を持ち、太陽が誕生日に贈ったネックレスをしている。気に入っているようで太陽は嬉しい。

クリスマスプレゼントにはネックレスと同じブランドのイヤリングを買った。今日渡すべく太陽の部屋に置いてある。

「今日は結局、本社には戻らないことにしたのね」

「うん。うまいこと定時過ぎたんで、新幹線の中から直帰するって連絡した。飲みに誘われたら断るの大変だからさ。経理部は部内の忘年会とかないの?」

「今年から忘年会はランチになったの。五人でランチコースを食べて、経理室を大掃除して、要らない書類を裁断して、今年の仕事はおしまい」

「そのランチって、お酒ありなの?」

「部長と勇さんはビール一杯飲んだよ」

経理部はテンションが低い。五人のうち三人が女性だからというのもあると思うが、全員参加の歓送迎会であっても盛り上がっているのを見たことがない。ほとんど酒も飲まず、仲間うちでぼそぼそと話している。二次会に来るのは真夕のみだ。

しかしこれで意外と仲がいい。あまり笑わないが楽しんでいないわけではない。新発田部長や勇太郎がわかりにくい冗談を飛ばすこともあるらしい。美華と真夕がボケたりつっこんだりするらしい。こういうのも悪くないと最近は思う。

営業部は今年の忘年会を先週末にすませている。他部署からも参加自由で、新人は一芸を披露するのが恒例。二次会はカラオケ、三次会は各自でスナックかバー、締めのラーメンがだいたいの流れである。

太陽はお笑い要員なので今年も頑張った。これも今日、沙名子とゆっくり過ごすためである。

「いいなー。俺、明日は休むけど、大晦日は出勤だよ」

太陽はゆっくりと歩き出しながら言った。

「まだ仕事があるの？」

「パラカフェは年内営業だからね。クリスマスもインテリア替えも全部任せっぱなしだったから、さすがに悪いなって思って。店長さんもバイトリーダーもいい人なんだよ。みんなに入浴剤配って、よいお年をって言ってくる」

「そうか。太陽が来たら、みんな嬉しいよね」

「まあな。俺人気者だからな。——どこ行く？　遅くなったから腹減っただろ。店調べてないけど、銀座あたりで食べる？」

外は寒かったが、景色は悪くない。星空の中に雪がちらちらと舞っている。大通りの向こうにイルミネーションがきらきらと光っている。

「それでもいいけど。食事は簡単にして、早めに新宿に行ってもいいよ」

太陽は思わず沙名子を見る。

食事のあとで部屋へ誘うつもりではいた。泊まるかどうかはともかく、今日は来てくれると思っていたが、沙名子のほうから言ってくるとは思わなかった。

「俺はそのほうがありがたいけど、沙名子はいいの？」

「いいわよ。太陽疲れてるから。なんなら駅地下で珍しいものを買っていってもいいし、簡単なものなら作るよ」

太陽は耳を疑う。自分から料理をすると言われたのは初めてだ。

沙名子の料理はとてもおいしい。教わったエビフライを自分で作ってみたが、どうしても同じ味にならなかった。手料理をせがむと下心を見透かされそうな気がしてなかなか言えない。

「なに沙名子、慰めてくれんの？」

「慰め方はわからないけど、慰めたいという気持ちはある」

「相変わらず、いろいろ考えてんな」

あたりは暗く、誰もいなかった。淡いグリーンの香りが立ちのぼる。抱き寄せて手をつなぐと、沙名子は太陽を見上げて笑った。


沙名子は家に帰ってくると、ぱちりと電気をつけた。

深夜だ。さきほどまで太陽と一緒にいたのである。

長い休みというのも考えものだ。明日の予定が決まっていないと、ひたすら漫然と過ごしてしまう。だらだらするのは楽しいが、慣れると何もできなくなりそうで怖い。

太陽は今年は帰省しないらしい。沙名子は帰るが実家は数駅離れただけの都内である。つまり年末からお正月の間、会おうと思えばいつでも会えるわけで。

…………。

いかん。

沙名子は首を振って部屋に入る。

慣れすぎてはいけない。沙名子はもともと怠け者で自分勝手なのである。なんとなく動いてすべてが間に合ってしまう、太陽のような人間とは違う。良識を保つために、心おきなくだらだらするために、意識して楽なほうへ落ちないようにしなくてはならない。

自分の精神がたまに暴走するということを沙名子は知っている。手綱をつけられるのは自分だけだ。

そう太陽にぽろりとこぼすと、いいんじゃないの？　と太陽は不思議そうに言った。みんなあるんじゃない。真夜中にポテチ食べたくなるようなもんだろ。そういうときってやたらうまいんだよなー。なんでかな。

その無邪気さと単純さに沙名子は苛立ち、憧れる。従いたくなり、抗いたくなる。

善なるものに従っていさえすればいいというのは、なんと安楽なことか。その相手が好きな男だったらなおさらだ。

沙名子はお湯を沸かし、お風呂を沸かし、着替える前にテレビをつけた。

ここは初心に帰らねばならない。ローリーよりオビ＝ワン・ケノービだ。

お湯が沸くまでの間、沙名子は少し埃っぽくなった水回りを拭きながら、『スター・ウォーズ　エピソード３』のプロローグを横目で眺める。

善なるもの、光の側にあるものは単純で美しいが、悪い部分も少しはあったほうがいい。真っ白いものは眩しい。自分の手に入らないのが辛くて泣きたくなる。

年明けの平日、沙名子が営業部のフロアに入っていくと、企画課のデスクで美月が話しているのが見えた。

美月と格馬が結婚するという話が社内を駆け巡ったのは十二月の下旬である。しばらくロッカールームではその話で持ちきりだったが、やっと落ち着いてきたところだ。

本社営業部にいるということは企画会議があったのだろう。美月が女性たちの雑談に加わることは普段はないのだが、結婚のことが公になったので逃れられなくなったか。

円城格馬は女性社員に人気があったが——高スペックの独身男性として——次期社長に決まったのは急だったし、社員全員に慕われているわけではない。妻になる女性としては面倒な立場だろう。女性社員たちに気をつかうなどというのは美月にとってはもっとも苦手なことだろうに、大変なところに飛び込んでいくものだと思う。

沙名子は営業部員の机に書類とメモを置きながら、なんとなく太陽のデスクに目を走らせる。

太陽はいなかった。ホワイトボードにも行き先は書いていない。社内のどこかに行っているということである。

フロアを出ようとしたら、企画課の社員の中にいる美月が沙名子を見た。囲んでいる社員の中に希梨香がいたので嫌な予感がしていたら、めざとく沙名子に声をかけてきた。

「あ、森若さん！　いま、ミッキーさんと話してたんですよ。森若さん、結婚披露宴行くんですか？」

希梨香は目を輝かせている。

開発部と本社でいちばん接点があるのは営業部企画課である。新製品を立ち上げるときは企画課と開発室が共同で企画をたてるからだ。開発室からこれを作りたいという案を出すこともあれば、企画課がこういうテーマでこういう新製品はどうかと提案することもある。希梨香は入浴剤の企画をひとつ任されていることもあって、ほかの社員よりも美月と近しい。

毒舌で女性に厳しい希梨香が、無愛想な美月を好きなのは意外でもある。

「――行く予定でいますけど」

及び腰で沙名子は言った。

「受付やるんですよねー。よければあたしがやりますよって言ったんだけど、森若さんがやるならあたしの出る幕はないなあ」

「希梨香ちゃんも行くの？」

「だって森若さんと真夕が行くんでしょ。友人席まだ余ってるんだって。あたしも行きたいなーって立候補していたところです」

沙名子は美月に目をやる。希梨香を結婚披露宴に呼ぶのはいいが、口が羽より軽いから気をつけろと言っておかねばならない。

　真夕のことは、美月が経理室に来たときに直接誘っていた。真夕がいると座持ちするし、受付の手伝いをしてもらえるので沙名子にとってはありがたい。

　美月は高校まで熊本にいて、上京して入学したのは学年に女性が三人しかいない工業大学である。天天コーポレーションの開発部は男性ばかりだし、趣味はオフロードバイクでの秘境温泉めぐり。社交的な性格でもないので本当に呼べる友達がいないようだ。一方の円城格馬はマンモス私立大学出身で、次期社長となればそこそこの交友関係がある。

　受付はプロに頼むと言っていたのに、格馬の友人がやると言い出したのでこっちも出さざるを得なくなったようだ。当然のように森若お願いできると言われ、当然のように受けた。

　沙名子は昔からその手の仕事をよく頼まれる。高校の生徒会と大学のゼミでは会計係、サークルでたこ焼き屋台を出したときも裏方のレジ担当だった。町内会バザーで手伝いをやったときでさえ帳簿をつける係だった。希望したことはないのになぜだ。

　場をさりげなく抜けようとしていたら、フロアに太陽と吉村部長が入ってきた。

　太陽は下を向いていた。笑顔はない。うしろにいる吉村部長のほうが朗らかだ。楽しそうに太陽の肩を叩き、太陽はうつむいて、はい……と返事をしている。

　おそらくパラカフェの担当から外れると言われたのだなと思った。落ち込むのも無理はない。

太陽はデスクに戻り、浮かない顔のまま顔をあげた。沙名子と目が合う。太陽はうろたえたように目をそらして横を向いた。


「――おめでとうございます」

沙名子と真夕は結婚披露宴の受付に並んで立っていた。

沙名子はシックな緑のワンピース、真夕は黒のふんわりとしたドレスを着ている。真夕の私服はどちらかといえばシンプルなので、レースと布をたっぷり使ったゴシック風のドレスは意外だった。友人の手作りらしいが似合っている。

沙名子がご祝儀袋の受け取り、真夕が名簿のチェックと席次表を渡す係である。このあたりの役割分担は阿吽（あうん）の呼吸でできる。

列の最後の客がいなくなると、ご祝儀袋の数を数え、名簿の数と合うのを確認して手提げ金庫の鍵をかけた。これを美月の母親に渡したら受付の仕事は終わりである。

「ミッキーさんのお母さん、始まる前に来るって言ってましたね」

「大金だからね。さすがに持っているのは荷が重いわ」

「大金なのわかってるのに金額がはっきりしないのってモヤモヤしません？　全部ほどい

て数えて束にしたいです」

「わかる。単価ごとに整理して銀行に持っていって記帳したいわ」

沙名子と真夕は顔を見合わせて笑った。

手持ち無沙汰になってふと隣を見ると、円城家の受付の男性ふたりが真剣な顔で名簿を見て、祝儀袋をひっくり返していた。

「あの、まだ来ていない人っていますよね。そういう人のはどうしました？」

ひとりが声をかけてきた。

受付は円城家、鏡家ともにふたりずつである。始める前に自己紹介はした。声をかけてきたのは狭山とかいう長身の男である。ＩＴ企業に勤めていると言っていた。

「欠席者、遅刻者は色を変えて名簿に付箋をつけています。さきほど会場のスタッフから連絡を受けましたよね」

「そういえば遅れてくる人の連絡受けたなあ。どこに書いたっけ」

狭山はスマホを開いている。なぜスマホに書く。名簿に注釈を入れるか付箋紙くらいつけとけよと思う。彼らはシャーペンも付箋紙も持ってきていない。

「名簿を見ていいですか？」

沙名子は狭山がうなずくのを確認してから名簿を取り上げた。円城家の招待者名簿は鏡家のものよりも長い。

「まだ来られていない方が三人ですね。スタッフの方にご連絡があったかどうかお尋ねして、この三人であれば終了していいんじゃないでしょうか」

「もしかしたら、こっちのチェックミスかも」

「俺、連絡もらったの全部でふたりだったような気がする」

「ということは、残りのひとりは？」

もうひとりのがっしりとした男が言った。こっちに訊かれても困る。

「連絡なしの欠席かもしれません。チェックミスかどうかは全員分のご祝儀袋の数と合わせてみればわかります。——わたしが数えましょうか？」

「お願いします。あーよかった」

よかったじゃない。沙名子はがっくりする。こういうのはどこの会社員でも同じなのか。面倒なことを自分に代わってやってくれる人を見つけたからといって、すべてをおっかぶせるのはやめろ。

とはいえ今日は結婚披露宴。モタモタする暇はない。美月のためにやれることはやらねば。

「いえ、お任せするのは申し訳ない。俺やりますよ」

狭山が言ってくれたのでほっとした。

「大丈夫です。こういうことは得意なので。真夕ちゃん、金庫見ていてね」

事務作業は能力よりも慣れである。沙名子は円城家のテーブルの向こうにまわり、祝儀袋を数えた。

「すみませんね、いつもはパソコン相手に仕事してるんで、こういうのは慣れてなくて。──新婦さんのお友達ですか？」

「あたしはおまけなんですけど、森若さんは美月さんの同期社員なんです」

作業中に話しかけるな気が散る、と思っていたら、真夕がすばやく受けてくれた。

「じゃ天天コーポレーションにお勤めなんですね。僕らはね、格馬の大学時代の友人なんです。サークルが同じでね。それぞれが結婚式するときは受付をすることになっているんですよ」

「専務のサークル仲間ですか！　なんのサークルだったんですか？」

「UMA研究会です」

「UMA……って、頭に皿が載ってるやつですか」

「そうそう。それは河童です。日本と世界のUMAを調べるんですよ」

「へええ……。いろんなサークルがあるもんですねえ……」

太陽のサークルはサッカーとテニスだった。どこまでも最大公約数的な王道を外さない男である。

沙名子はご祝儀袋をまとめて輪ゴムでとめ、手提げ金庫に入れた。

「数は合っています。ということはチェックミスではありません。三名分が欠落していますので、欠席と遅刻の連絡のあった方のお名前を照らし合わせて、あてはまらない方が無断欠席者です。三名の名前を控えておきましたからどうぞ」

沙名子は三人分の欠席者のフルネームを書いた付箋を狭山に渡した。

「ありがとうございます。いやー助かった」

「どういたしまして。じゃ行こうか、真夕ちゃん」

留袖(とめそで)を着た美月の母親がこちらへ向かって歩いてくるのが見えた。沙名子と真夕が金庫を持って席へ戻ろうとすると、慌てたように狭山が声をかけてくる。

「ええと、あなたのお名前は、森——」

「森若です」

「森若さん。——二次会には行きますか?」

沙名子は狭山に目をやった。定期的にジムに通っていそうな胸板の厚い男である。育ちのよさそうな顔にフォーマルなスーツが似合っている。

「行く予定です」

「じゃ二次会で」

狭山は爽(さわ)やかに笑った。

「お疲れ！　受付どうだった？」

新婦友人席のテーブルにつくと、真夕の隣にいた希梨香がささやきかけてきた。

希梨香はグレーの膝丈のワンピースを着ていた。全体に刺繍がほどこしてあって可愛らしい。髪と化粧は派手だが、希梨香にしてはクラシカルなドレスである。

「疲れたー。金額大きいから緊張したよ」

「新郎側の受付は？　専務の友達なんでしょ。イケメンだった？」

「イケメンの河童とマッチョな河童って感じだった」

「河童？」

沙名子は希梨香と真夕のとりとめのない雑談を聞きながら、太陽のことを考える。

太陽とはしばらくふたりで会っていない。太陽が吉村部長から何か言われてからは、一回もまともに話していなかった。

会わないのはいいのだが、どうにも元気がないのが気にかかる。経理室へ来るときも、明るくはあるが口数が少ないし、沙名子を避けているそぶりすらある。

おはようだのとんこつラーメンうまいだのという能天気なメールは来るが、肝心なことが話題にあがらない。仕事で何かあったの？　と訊いてみたら、あったけどまだわからないというあやふやな答えが返ってきた。

これまではなんでも喋り、太陽から誘ってくるものだったので、こういうときにどうしたらいいのかわからない。自分に置き換えて考えてみると、放っておくべきという結論になる。

沙名子がパラカフェの担当が新部署に移譲されることを知っていて、秘密にしていたのが不快だったのか――とも考えたが、太陽は経理部の守秘義務についてはわかっているはずだし、何も言わずに人にあたるような性格ではない。

打ち込んでいた仕事の担当から外れるというのはそれほどショックなものなのか。仕事が減っていいじゃないかと思うのだが。

どちらにしろ、太陽が話したがらないのに無理に聞くのははばかられる。

もうすぐバレンタインデーなので、結婚披露宴が終わったら沙名子から太陽を誘ってみようと思う。チョコレートは手作りする。二度目なので去年よりは簡単に作れるだろう。

「そういえば森若さん、ナンパされちゃってましたよね」

沙名子が今後のスケジュールについて考えていると、真夕が話しかけてきた。

「ナンパ?」

「そうですよ。狭山さんでしたっけ。あの人、絶対に森若さん狙ってますよ」

「あー……。それはないでしょう」

「ありますよ。森若さん綺麗(きれい)ですもん。最近は特に。去年あたり、山田太陽とかうるさかったじゃないですか」

なぜいきなり太陽の話題を出す。内心で慌てていたら、希梨香が身を乗り出した。

「あ、森若さんそういえば、知ってます？　太陽、転勤するって」

沙名子は希梨香に目をやった。

「転勤？」

「ここだけの話ですよ。営業部内で聞いただけだから。太陽、春から大阪営業所に異動になるんだって」

「――え」

初耳である。思いがけず声が震えた。

それは、どういう――と沙名子が問い返そうとしたそのとき、あたりがふわりと暗くなった。

おなじみの音楽とともに、司会の女性が高らかに宣言する。

「――さてみなさまお待たせしました、新郎新婦の入場です！」

会場の出入り口にライトが集まる。白いウエディングドレスとタキシード姿のふたりが、ゆっくりと歩いてくる。

美月は美しかった。体にぴったりと沿うレースとサテンのウエディングドレスは、細身の美女しか着られないシンプルなラインのものである。沙名子は美月に圧倒された。

「──秘密にするつもりはなかったんだよ」

沙名子の目の前で太陽が言っている。

披露宴はすばらしかった。ワインは美味しかったし、料理もサービスも最高だった。円城格馬はデレデレ……ではなくて、目を細めて美月を関係者に紹介していた。普段はすっぴんの上、首もとの伸びたトレーナーやTシャツと白衣で仕事をしている美月だが、次期社長夫人のお披露目としても悪くなかったのではなかろうか。

披露宴と二次会の間に太陽にメールをした。希梨香から転勤の話を聞いたんだけど本当？　と書いたら、二次会の途中で本当だと返事が来た。沙名子は三次会には行かずに新宿駅へ向かい、太陽と会った。

「自分で決めたかったっていうか。沙名子に相談したら、どっちにするにしても自分で決めたんじゃないみたいで嫌じゃん。沙名子って賢いからさ」

沙名子は戸惑う。自分が太陽の決定を左右しているなんて考えたこともなかった。

夜の九時をまわっていた。太陽はくたびれたパーカーを着ている。うしろの髪がはねていて、長身にタキシードが似合っていた円城格馬、正装をした彼の友人たちと比べたら格段にだらしない。しかし太陽のほうが素敵だと思う。なぜだ。

太陽は沙名子の手から重い引き出物を取り、歩調を合わせてゆっくり歩いた。

「どっちっていうのは、行くか行かないかってこと？」

「そう。行く。決めた」

太陽はきっぱりと言った。

「吉村部長、格馬さんと仲悪いし、本社の営業成績落ちてるから大変みたいでさ。ホテル竜村の成績を半分うちのにしたいんだよ。あれとったの山崎さんだから、利益を渡したくないんだろうね。大阪と折衝(せっしょう)して、だったら担当者をひとりよこせってことになったんだと思う」

「それで太陽が行くことになったの？　山崎さんじゃなくて？」

「山崎さんは吉村部長が離さないよ。本社と大阪営業所との間で何があったかは俺はわからない。兵隊だからな。

うちって、本社の営業部で上に行く人は、だいたい若いうちにどこかに行ってるんだよ。山崎さんは特殊すぎるから別として。俺は本社採用だから、二年か三年、向こうで頑張れば主任になって戻れるって。そう言われたら断れないよ」

「……主任？」

沙名子は聞き返した。

太陽は出世したいのか。初めて知った。出世欲は薄い人間だと思っていた。

それともそれは、沙名子が異例の速さで主任になったのと関係があるのか。

そう訊きたいが訊けない。そうだと言われても違うと言われても気まずいと思う。

頭がぐらぐらした。太陽の言っていることの意味はわかるのだが、それがいいことなのか悪いことなのかわからない。

「そう。パラカフェも営業部から外れるらしいから、いい機会だろ」

「太陽はそれでいいの？」

太陽は空を見上げた。街灯の灯りが太陽の肩のあたりを照らし出す。

「いいっていうかなー。同じことばかりしているのも視野が狭くなりそうじゃん。うちは大阪営業所は販路が違うんだよ。合併もあるし、これから海外進出の話もあるし、うちの会社も変わっていくだろ。こういうときに部長が、ほかの人じゃなくて俺に行けっていうのも意味があると思って。ほら俺、永遠の次期エースだから」

「そうじゃなくて。——これまでみたいに会えなくなる」

「あ、そっちか。そりゃこれまでみたいにいかなくなるけど。遠距離でも沙名子は平気だろ」

「平気じゃないです」

沙名子は言った。

「え、そうなの？」

当たり前だ。簡単に言うな。

「太陽がいなくなったらわたしが困る」

沙名子が言うと、太陽は笑った。

「俺、いなくならないよ。たぶんしょっちゅう帰ってくるし。あ、ちなみに浮気もしないよ。こうみえて器用なほうじゃないんで。まさか沙名子、これくらいで別れるとか言わないよな？」

「言うわけないでしょう。太陽は寂しくないの？」

「まあ寂しいっちゃ寂しいけど、それは」

「わたしは寂しいわよ」

沙名子は言った。能天気な太陽の顔を見ていたら、抑えきれなくなった。

「寂しいわよ、当たり前でしょ。これまではごはん食べながら愚痴も言えたし、落ち込んだり辛くなったりしたら慰めてもらえたし、経理室で顔見たり、もうすぐ会えると思うから仕事だって頑張ってこられたのに」

「え……？　沙名子もそういうのあるの？」

「あるわよ、わたし性格よくないんだから。ひとりだったらウサギ追いまくって暗黒面に堕（お）ちるわよ。そんなの考えられない！　わたしだっていろいろあるのに、太陽がいなくなっちゃったら、どうしたらいいのよ！」

沙名子は湿った声で叫んだ。言ってはいけないと思ったが、止められなかった。

「ウサギ……」

太陽はあっけにとられていた。学生らしき男性が、すれ違いざまに沙名子の顔に目を走らせていく。

沙名子は唇を嚙(か)んだ。子どもか。彼氏にわがままを言う女子高校生か。自分がバカすぎて泣きたくなる。

「……ごめん、変なこと言った」

沙名子は言い、太陽の手から無理やり引き出物を奪い取った。

「わたし、用事を思い出したから帰る。急に来てくれてありがとう。あとでメールする」

太陽の顔を見たくなかった。きっと面倒くさいと思っている。沙名子はきびすを返し、早足でもと来た道を歩いていった。


さっきはごめんね。気にしないで。

わたしも今回の異動は太陽が認められているってことだと思う。

大阪なんてそんなに遠くないし、会おうと思えばいつでも会えるよね。


電車の中でメールを出した。

頭を冷やさなければならない。太陽が言っていたとおりだ。新幹線で三時間の距離がなんだというのだ。最近は忙しくてふたりで会うのも月に一回がせいぜいだった。それが二カ月か三カ月に一回になるだけだ。

だがその二カ月の間に何かあったらどうする。急に抱きしめてもらいたくなっても、太陽はそこにいない。

大阪に太陽のことを好きになる女性がいるかもしれない。きっといる。絶対にいる。太陽も彼女のことを好きになるかもしれない。

それ以前に、さっきの沙名子の態度に太陽が幻滅したかもしれない。

落ち着けと沙名子は自分に言い聞かせる。わたしは大丈夫だ。太陽に会う前は、なんでもひとりで大丈夫だったではないか。

駅についた。改札口にある鏡を見て、今日は美月の結婚式だったのだと思い出した。新しいワンピースを着て、ネックレスとおそろいのイヤリングをつけて、ヘアメイクも頑張った。幸せな友人のために、今日は自分も幸せでいなければ。

重い引き出物を持って歩いていたら、電話がかかってきた。

太陽からである。

『沙名子、今どこにいる？　俺そっち行くから、どこかで会えない？』

太陽は沙名子が電話に出るなり言った。

「――じゃうち来て」

『マジか。生きててよかった』

人の気も知らず太陽は浮かれている。嬉しいがまったく腹が立つ。

空の彼方から、白いウエディングブーケが飛んでくる。

投げたのは美月だ。ブーケは空を切り、まっすぐに落ちてくる。

沙名子の左右にいるのは真夕と希梨香だ。ふたりは笑いながらブーケに手を伸ばし、ダメですよー森若さん、逃げちゃダメですよ、とささやきかけてくる。

美華もいる。千晶もいる。沙名子のまわりにはいつのまにか天天コーポレーションの独身女性たちがぎっしりと取り巻いていて、逃げたいのに逃げられない。

ブーケは飛んでくる。真ん中に大きなバラの棘が見える。

来るな、と沙名子は思う。わたしのところに飛んでこないで。

そう願うのに、ブーケはまっすぐに沙名子に向かって落ちてくる。このままだったら血まみれになる。まわりの女性たちはそのことに気づかない。

やめて。来ないで。お願い。来るな。

来るなあああ――――！

「――そんなに怖い夢だったの？」

ガムテープで新しいダンボールの箱を作りながら、太陽が言った。

「すごく怖かったわ……」

沙名子は答えた。

太陽のマンションである。二月中に引っ越し、三月初めから大阪営業所に出勤というのが転勤のスケジュールだ。明日の午前中に引っ越し業者が来て、荷物をすべて運び出す予定だ。太陽はそのあとで大阪へ新幹線で行くことになる。

荷造りはほぼ終わり、部屋の中はダンボール箱が山積みになっている。

天天コーポレーションが転勤のために与えた休みはたった三日だった。十年住んでいたわりには荷物が少ないものの、ひとりで荷物をまとめることができず、間に合わないと太陽が泣きついてきたのは引っ越し三日前の金曜日。一昨日である。

お任せパックにしないなら早めに動いたほうがいいと言っておいたのに、ギリギリになるまでやらないのは悪い癖だ。

結局、沙名子が週末にマンションに通い、日曜日の今日になってやっとすべての荷物をダンボール箱におさめることができた。

土曜日はくたくたになって家に帰ってすぐに眠ったはずなのに、なぜあんなにまがまがしい夢を見てしまったのかわからない。

「仕事の夢？　俺出てきた？」

「会社の人は出てきたけど、太陽はいなかった。女性陣ばっかりだった」

「それいいな。今度は俺がゲスト出演で頼むよ。守ってやるから」

太陽にウエディングブーケを求める女性たちの中に切り込んでいく勇気があるのかと思うが、ウエディングという言葉を使うのははばかられる。美月のウエディングドレス姿の写真にはほかの男性同様、口を開けて見とれていたが、それをまた見るのもしゃくにさわる。

どんなに美人でも、彼女じゃなきゃ汚れたキッチンを掃除してくれることはないぞ。

「冷蔵庫はもう電気切るよ。使わない調味料とか捨てていいよね」

「油は流しに捨てちゃダメ。液ものはわたしが持って帰るわ」

「わかった。ビール余ってるけど飲む？」

「終わったら飲む。冷蔵庫の中に入れておいて」

沙名子は泡まみれの流しを水拭きしながら答えた。どうにも太陽は、働くことよりも怠けることばかり考えている。

黙々と荷物をまとめ、沙名子がキッチン、太陽が風呂とトイレとベランダの掃除をし、最後のこまごまとしたものをダンボール箱に収め終わったのは午後の半端な時間である。

太陽はがらんとした室内を見渡し、満足そうにビールのプルトップを開けた。

「いやーなんとか間に合った。沙名子に来てもらって助かったわ。一休みしたら焼き肉食べに行こう」

ソファーとテレビはもうない。古くなった家具と家電はまとめてリサイクルショップに売った。太陽と沙名子はベッドをソファー代わりにして座り、缶のまま冷たいビールを飲む。

ビールはおいしかった。昼間はアルコールは飲まないことにしているのだが、今日は特別である。

「向こうのマンションの準備はできてるの？」

「社員寮だからね。前の人が住んでたままだから、わりとなんでもあるらしい。大阪はこっちよりも自由かもしれない。沙名子もいないし、経理部に書類出すの遅れそうだよ」

「向こうの経理部に怒られるわよ」

「沙名子じゃなきゃ怒られても怖くない」

どういう意味だと言い返そうとしたら、太陽がキスしてきた。抵抗しようかと思ったが、許すことにする。こういうのも本当は昼間はいけないのだが。

転勤が決まってからというもの、どうにも太陽に甘くなっていけない。太陽のほうも確実に調子に乗っている。今後どうするべきか方針を決めなければいけないと思う。

とはいえ今日はまだいいだろう――と思っていたら、スマホが鳴る音が聞こえた。

太陽はぴくりとして沙名子から手を放す。スマホの呼び出し音は沙名子にとってももう馴染(なじ)んでいる、営業部メンバーからのＬＩＮＥ(ライン)である。

無視すればいいのに、太陽はスマホを取った。中を見て目を見開く。

「誰から」

沙名子は尋ねた。嫌な予感がした。

「――山崎さん。え。マジか。なんだよこれ」

「山崎さん？」

こういうときはてっきり鎌本だと思っていた。

太陽はうろたえながら沙名子にＬＩＮＥの画面を見せた。差出人は山崎である。


今、向かいのコンビニにいる。

鎌本さん立岡さんと一緒に、これから太陽の部屋に向かうところ。

もしも森若さんがいるなら、退避させたほうがいいと思う。


太陽は立ち上がり、早足でマンションのベランダまで歩いていった。沙名子も続く。ベランダの斜め向かいのコンビニから、山崎、鎌本、立岡の三人が出てくるところである。

鎌本がマンションを見上げ、慌てて沙名子は部屋の奥に姿を隠した。

「──なんであの三人が来るの。ていうか、なんで山崎さんが知ってるの。太陽話したの？」

「俺、沙名子のことは誰にも話してないよ」

沙名子と太陽は目を見合わせ、一瞬で理解しあう。山崎なのである。何を知っていてもおかしくない。

「──わたし帰るわ。このマンション、裏口あったよね」

「あ、うん。ええと……。非常階段があるから。そっち使ったほうがいいかも」

「わかった」

「ほんとごめん、あの三人追い返すから。帰ったら連絡するから」

「いいよ、気にしないで。じゃあね」

本当は気にしてほしいが、太陽が営業部の先輩に対して強く言えないのはわかっている。なぜ営業部の面々のために沙名子が逃げなければならないのか。最後までおまえかよと沙名子は鎌本を内心で罵倒する。太陽が下手に出ているのをいいことに、子分を引き連れて威張りに来たか。知っていて邪魔をしに来たのではないかと思うくらいである。

そんなことを言う暇もなかった。沙名子はバッグをつかみ、急いで太陽の部屋を出た。

「――なんだ、意外と片付いてんじゃん」

太陽が玄関のドアを開けると、鎌本、立岡、山崎の順に部屋に入ってきた。

「なんなんすか急に！　連絡くらいしてくださいよ！」

太陽は言った。

さすがに怒りたい。この数日の重労働を終え、やっと沙名子とイチャイチャしはじめたところだったのに、このタイミングで来ることはないだろう。

「だってそうしたら逃げちゃうじゃん。彼女は？　来てないの？」

「何のことですか。来てないですよ」

「なんだよ、てっきりいると思ったのに。引っ越しの前日なのに冷たい彼女だな。普通は手伝いに来るだろうが。もしかして遠距離になってケンカした？」

「そんなことないですよ」

「すまん太陽、てっきり連絡行ってると思ってた。まだ荷造り半分しかできてないとか言ってたからさ、手伝いが必要ならしようと思って」

鎌本のうしろにいる立岡がうろたえたように言った。

立岡も鎌本と山崎同様、太陽の先輩である。年次では鎌本、立岡、山崎の順になるが、人がいいので威張ることはない。立岡にすまんと言われたら、逆に何も言えない。

山崎はベッドサイドに置いてあるビールの缶に目をやっている。ふたつ並んでいるが、ふたつとも飲みきっていない。ひょっとしたら沙名子の分には口紅がついているかもしれない。

「今、荷造りが終わったところなんですよ。これから掃除機かけようと思って」

太陽は唇を拭いながら言った。

「じゃそれ早く終わらせて、焼き肉食べに行こうぜ。奢るから。いい店見つけたんだよ」

「焼き肉ですか」

「おまえにも世話になったからさ。俺、先輩らしいことろくにしてやれなかったし、最後くらい、お礼させてもらってもいいだろ。……本当は、もっと早くすべきだったけど」

鎌本は急にしんみりし、太陽は出鼻をくじかれる。そういえば鎌本と組むこともうないのだなと思う。

「いや、俺も鎌本さんにいろいろ教わったし。……でも、今日はですね、ちょっと」

「なに、やっぱり彼女？　だったら呼べばいいじゃん。ついでに紹介しろよ。とりあえず写真見せろ」

「勘弁してくださいよー」

鎌本はこうなるとしつこい。どうしたもんかなと思っていたら、山崎が割って入った。

「いいんじゃない、焼き肉くらいつきあえよ、太陽」

山崎はビールの缶をキッチンに置き、涼しい顔で言った。

「あー……はい、わかりました……」

「鎌本さん、立岡さん、先行っててください。俺、太陽と一緒に掃除機かけてから追いますから」

太陽は思わず答え、山崎は鎌本と立岡に向かってなめらかに言った。

「本当かよ。大丈夫か？」

「ＬＩＮＥください。俺が責任もって太陽連れていきます」

山崎はにこりと笑って玄関を開け放った。

鎌本と立岡が出ていってしまうと、山崎は玄関を閉め、がちゃりと鍵をかけた。

「山崎さん、ありがとうございました」

太陽は言った。よくわからないが助かった。鎌本と沙名子が太陽の部屋で鉢合わせしたらどうなるか、想像もつかない。

「いや、俺がもっと早く連絡すればよかった。鎌本さんからいきなり呼び出されて、まさか太陽の部屋に行くつもりじゃないだろうなと思いながら来たらそのとおりで、慌ててＬＩＮＥしたんだよ。鎌本さんは気が小さいから、ひとりじゃ来られないんだな。——森若さん、さっきまでいたの？」

「はい。……ていうか、山崎さん知ってたんですか。俺と沙名……、森若さんが、つきあってるってこと」

「いや知らない。へーやっぱりそうだったんだ。ちょっとびっくりした」

「ハッタリっすか！」

太陽は脱力した。まんまとのせられてしまった。鎌本たちに言わないでいてくれるだけ感謝しなければならない。

「予想が当たっただけだよ。——掃除機これ？　俺がかけるから早く森若さんに連絡しろよ。焼き肉は適当につきあって、終わってから会えばいい」

「森若さん、日曜の夜は基本、家にいて、月曜のスタンバイするんですよね……」

「今日は特別だろ。鎌本さんがうるさかったら俺と立岡さんがひきうけてやるから。このまま遠距離に突入って切なすぎるだろ」

「山崎さん、なんでそんなに優しいんですか。俺泣きそうですよ」

「今回の大阪行き、太陽を吉村部長に推薦したの俺だからな」

山崎はさらりと重要なことを言い、掃除機のスイッチを入れた。


太陽を待つ間、食事をすることにした。

連絡が来るか来ないかもわからず、予定がたたないのはどうにも落ち着かない。普段ならさっさと帰るところだが、今日は太陽と東京で過ごす最後の日である。

　どうするべきかと考えながら百貨店をうろうろしていたら、太陽から、鎌本さんたちと焼き肉食べる、一時間で終わらせるから待っててくれとメールが入った。

　一時間半でいいよとメールを返し、食べてみたかったオーガニックレストランの店に行った。イレギュラーだがたまにはいいだろう。

　半端な時間だったのでレストランはすいていた。窓辺の席に座り、料理が運ばれてくる前に、勇太郎に明日は休むとメールをする。

　これから会社に太陽がいない生活が始まるわけで、日々のルーティンを組み直す作業が必要である。自由な時間が増える分、新しいことができるかもしれない。それはそれで楽しみということにする。

　勇太郎から了解ですという返事が来たのでほっとした。ゆっくりとパスタのコースを食べ、習いごとのサイトを見ながら紅茶を飲んでいたら、太陽がやってくるのが見えた。スマホを片手にきょろきょろしながら店を探している。

　精算をすませて外に出ると、太陽は嬉しそうに走り寄ってきた。

「はー、沙名子まだいてよかった。悪かった。埋め合わせで何か買ってあげるよ」

　太陽はかすかに息を切らしていた。急いで来たらしい。

「いいわよ、欲しいものは自分で買うから」

「うう……モード変わってる……。悪かったって言ってるじゃん……」

太陽は小声でつぶやいた。全身から炭火焼肉のいい匂いを発散させているくせに何を言うか。

「お肉はおいしかった？」

「それが、めちゃくちゃおいしかったんだよ。山崎さんが面白くてさ。ほんとごめん。今度ふたりで行こうな」

「うん。明日、会社休むことにした。さっきメールしたわ」

「そうなの？　じゃ今日はもうちょっとゆっくりできるかな」

太陽は顔を輝かせた。沙名子と肩を並べて歩き出す。

「鎌本さんが、女は絶対に待たないとか言うからびびったよ。もしも沙名子が待っててくれなかったら、プロポーズしようかと思っちゃったよ」

太陽は無邪気に言い、沙名子は一瞬、足をとめる。

なんだ、それは。

観測気球か。撒き餌か。そんなものにはひっかからないぞ。

白い花びらと銀色に光る棘が迫ってくる。沙名子は体をこわばらせ、聞こえなかったふりをして横を向いた。

## エピローグ　～夢見る真夕ちゃん～

真夕が希梨香とのランチを終えて経理室に戻ってくると、部長席に新発田部長が座っていた。

「あれ、部長珍しいですね。総務部のほうはもういいんですか?」

「あっちはだいたいよくなった」

「本当ですか!　戻ってきてよかったです」

真夕は言った。

新発田部長は経理部にいないと困る、ということは不在になってあらためてわかった。とくにランチのときは。

経理室にはひとりは経理部員がいることが望ましい。これまでは新発田部長がランチ時間を一時間遅らせるのが慣例だったが、新発田部長がいなくなってからは、四人のうち誰かがいなくてはならなくなったのである。

普段は沙名子がお弁当を食べながら留守番をしている。食べ終わったころには誰かしら帰ってくるのでなんとかなっていたものの、そうなると出かけるほうも気にかかって、ランチを心おきなく楽しめない。沙名子が有給休暇のときは勇太郎が時間をずらしていたが、勇太郎はペースを乱されるのが嫌いなので、これはこれで実は不満かもしれないと思ってしまう。

まだランチの時間は終わっていなかった。経理室に沙名子はいない。新発田部長がいるので安心してお茶でも飲みに行っているのだろう。

よかったよかったと思いながら真夕は席につき、見慣れないＬＩＮＥが来ているのに気づいて眉をひそめた。

相手は狭山である。美月の結婚披露宴のとき、新郎側で受付をしていた男性のひとりだ。二次会で連絡先を交換し、そのあとで真夕に、森若さんを交えて食事をしようと誘いが来た。沙名子に伝えたら断っておいてと言われて、それで終わったと思っていた。

今度のＬＩＮＥの内容は前よりもストレートである。森若さんの連絡先を教えてくれないかな？　とある。二次会で交換するの忘れちゃって。

忘れたのではない。沙名子が避けていたのである。沙名子はＬＩＮＥをやっていないし、プライベートのメールアドレスも携帯電話の番号も、経理部員以外には教えていない。

二次会では彼氏がいるのいないのという話にもなったのだが、沙名子は適当にぼかしていた。沙名子にしてはぼんやりしているというか、心ここにあらずで、受付をしていたときとは雰囲気が違った。それが狭山の興味をひいたのかもしれない。

あたしは森若さんのマネージャーじゃないぞ。ていうか真夕もいちおう二十代の独身女性なのに、あからさまに眼中にないというのは失礼じゃないだろうか。

——円城格馬（えんじょうかくま）の同窓ということは、三十五歳くらいか。

真面目（まじめ）そうだし、エリートっぽいし、結婚相手としてはいいかもしれないけど。河童（かっぱ）だぞ。

なんだか微妙にモヤモヤするなと思いながら買ってきたコーヒーを飲んでいたら、経理室に美華（みか）が入ってきた。

「あら部長、お戻りですか」

「ああ、総務部のほうはよくなったから」

「よかったですね。森若さんも安心でしょう」

美華は黒のパンツスーツに金のネックレスをして、天と染め抜いたミニトートバッグを持っている。合併が決まってからすりあわせにかかりきりだったが、ようやく落ち着いたらしい。難しい書類を作成し、勇太郎や幹部社員と対等にやりあえる強さと頭の良さは尊敬する。

「そういえば結局、トナカイ化粧品はどうなったんですか？」

真夕は美華に尋ねた。

「トナカイ化粧品はブランドとして存続、『うるおい天国』は廃止になると思います」

美華はスターバックスのタンブラーをデスクに置きながら答えた。

「そうかあ……。『うるおい天国』好きだったけどなあ」

「仕方ないですね。天天コーポレーションはもともと石鹸の会社だし。中小企業だから、強みを生かした戦略をたてていかないと生き残れません」

「きっと槇野さんはほっとしていますね。槇野さん、もしかして経理部に来るんでしょうか」

「それはわからないわ。人事の発表がもうすぐあるでしょう」

真夕は話しながら新発田部長に目を走らせた。

新発田部長は総務部長を兼務していて、総務の仕事が一段落したらしいということは当然、人事についても知っているはずだ。ふたりの会話は聞いているだろうに知らんぷりをしている。まったく食えない地蔵である。

槇野はトナカイ化粧品の経理担当で、たまに経理部に顔を出すので真夕も顔見知りになっている。仕事熱心なので、経理部に来てくれたらありがたい。

最後に槇野と顔を合わせたのは一カ月以上前だ。新しい職場に配属される前に、まとめて有給休暇をとることにしたと言っていた。あれはトナカイ化粧品の存続が決まったからだったのか。最初に見たときよりも顔色がよくなったし、表情が明るかった。よほど合併がストレスだったのだなと同情したものだ。

人事といえば天天コーポレーションの中でも異動の発表があった。営業部の山田太陽をはじめ、転勤になった人も多い。あちこちの営業所や合併先から人が入ってくるし、新入社員、中途採用の人もいるはずだ。新しい人には経理システムの入力方法をレクチャーしなくてはならないのだが、今年からは真夕がやるようにと言われている。

どうか面倒な人が来ませんように――と願っていたら、経理室に美月が入ってきた。

「あ、ミッキーさん。お久しぶりです！　披露宴以来ですね」

真夕は思わず笑顔になった。

美月は本社の社員とはそれほど親しくないのだが、真夕はほかの社員より近い。沙名子を介して話すことがあるからだ。

結婚披露宴と二次会に呼ばれたのは役得だった。食事はおいしいし引き出物は豪華だし、専務の意外な面も聞くことができて面白かった。ドレスだけは困ったのだが、ライブ仲間に相談したら手作りの凝ったドレスを貸してもらえて、みんなに可愛いと誉められた。

「佐々木さん、どうも。披露宴では助かったわ。――森若は？」

「お茶でも飲みに行ってるんじゃないかな。もうすぐ戻ってきますよ。ミッキーさん、もう仕事なんですか？」

「先週、新婚旅行から帰ってきたところ」

「温泉でしたよね。よかったですか」

　美月と格馬の新婚旅行は国内温泉めぐりである。行ってみたかった山の中の秘境温泉があるらしい。車とバイクで行くのは新婚旅行にしては色気がないのではと思ったりもするのだが、ふたりにとっては念願らしい。何にしてもふたりの好みが合うのが一番である。

「楽しかったわ。写真ができたのよ。適当に印刷しておいたから渡しておいてくれる？　こっちは佐々木さんの分」

　美月はバッグから封筒を二通出し、真夕のデスクの上に置いた。

　真夕はさっそく自分の分の写真を引っ張り出す。披露宴と二次会の集合写真である。ウエディングドレスを着た美月も写っている。

「美月さん綺麗でしたよねえ。もうみんな見とれてましたよ」

　真夕は言った。思い出すと笑顔になる。いい披露宴だった。

「ありがとう。これもパラダイスバスのおかげよ」

「そうなんですかー。もう今日から倍の量入れちゃおうかな」

「入浴剤は多すぎても少なすぎてもダメよ」

　雑談をしていたら経理室に勇太郎が入ってきた。

　勇太郎は無言でデスクに戻り、新発田部長がいるのに気づいて足をとめた。

「新発田部長、いたんですか」

「ああ、そろそろな」

「それはよかった」

「こんにちは。森若さんは——あら」

勇太郎のあとから入ってきた由香利(ゆかり)は、美月に気づいて頭を下げた。

由香利は青いシャツにゆったりめのパンツを穿(は)いている。課長に昇進してから制服を着なくなったのである。

美月は平社員だが次期社長の妻なわけで、本社の社員にとっては扱いづらい雰囲気がある。美月本人の態度はまったく変わっていないのだが。

「こんにちは、平松(ひらまつ)さん」

美月はいつも通りの口調で言った。

「小林(こばやし)になったんですよ。結婚して姓が変わったので」

「あ、そうだったんですか。おめでとうございます」

「平松さんは、これからは新しい姓を使われるんですか?」

美華が由香利に尋ねた。

「そうですね。旧姓のままでもいいんですけど、いろいろ面倒なので」

「そうですか……」

「ミッキーさんは社内では旧姓のままでいくんですよね。円城美月になったらカガミッキーさんって呼べなくなるのでよかったです」

美華が何か言いたそうな顔をしていたので、真夕は慌てて口を挟んだ。

「それはよかったですね。鏡さんの場合は特に、意識して公私混同しないようにしたほうがいいと思います」

美華が言うと、由香利がうなずいた。

「わたしは新しい姓を使いますけど、これからは結婚しても旧姓のままで仕事をする人が増えると思っています。総務としても通常業務として慣れていかないといけませんね。――これ、鏡さんの結婚式の写真ですか？　素敵ですね。こんなのがあったら、わたしのなんて見せられなくなるわ」

「え、由香利さんも結婚式やったんですか？　見たい！　見せてください！」

真夕は言った。由香利は手にスマホと何かの小冊子を持っている。どうやら沙名子に写真を見せるために来たらしい。

由香利は少し恥ずかしそうにスマホを開き、ウエディングドレスを着た由香利と夫の写真を見せた。

「結婚式っていうか、わたしのはただの家族同士の食事会みたいなものでしたけど」

「うわー綺麗ですねえ……。旦那さんも優しそう。イケメンですね！」

真夕は言った。平凡な顔立ちの由香利が、写真の中ではこれまでにないくらい輝いている。相手は中肉中背の穏やかそうな男性だが、それなりにかっこよく見える。

四十代のウエディングドレスというのも悪くない。これが結婚マジックか。

「ダイエットしたんですよ。この日のために三キロ痩せたの」

由香利は言った。普段は真面目一辺倒の「総務部の平松さん」――これからは「総務課長の小林さん」になるのか――なのだが、そう言う姿はどこか可愛らしい。

「わたしも体鍛えましたよ。エステにも行きました。格馬が仕事だと思ってやってくれって言うから。なんで結婚ごときでこんな思いしなきゃならないんだって思った」

美月は不満を言いながらも幸せそうだ。

美月と格馬は学生時代からの知り合いで、交際を申し込んだのは格馬かららしい。

真夕はたまに見かける円城格馬専務を思い出して不思議な気持ちになる。そこからどうして結婚になるのか。つきあっているふたりが結婚するということはどういうことなのか、知りたいと思う。

「最高の結果になったんだからいいじゃないですか」

「確かに。ふたりともお綺麗ですね」

美華は興味がないかと思ったら、席を立って写真を見に来た。勇太郎も気にしている。どうやら結婚写真というものは、誰でもついつい見たくなるものらしい。

勇太郎に写真を渡すと、じっとウエディングドレス姿の美月を見つめていた。勇太郎もこういうときはほかの男性と変わらない。

「こんにちは。――森若さんいますか？」

写真を回し見ていたら、千晶が入ってきた。

「あ、千晶ちゃん。森若さんならまだ帰ってきてないよ」

「そうですか……。あ、鏡さん、このたびはおめでとうございます」

「ありがとうございます」

「これ、披露宴の写真だって。千晶ちゃんも見る？」

「とても素敵ですね。由香利さんも。よかったですね」

千晶はにっこりと笑って言い、ざっと見て真夕に返した。

「何か森若さんに伝言があったら言っておくよ」

「いえ。個人的なことなので」

千晶は写真には食いつかなかった。むしろ目をそむけるようなそぶりをする。

やはり、あの噂は本当なのだろうか。

真夕は経理室を出て行く千晶のうしろ姿を見送りながら、ロッカールームで希梨香から聞いた話を思い出す。

千晶が結婚相談所の主催するパーティに行っているという噂である。

千晶は営業部の立岡とつきあっているはずだ。仲も悪くないと思う。彼氏がいながら婚活をするとはどういうことなのか。真夕は不思議だが、希梨香たちは口々に、そういうこともなくもない、気持ちはわからないでもない、と言った。

希梨香もほかの女性社員ももちろん真夕も、そういう噂があったとしても、けして立岡や男性たちには漏らさない。おしゃべりな希梨香でも、たとえ千晶とあまり仲良くなくても、そこだけは守る。女子の仁義というやつだ。

千晶は契約社員だったときのほうが幸せそうだったと真夕は思った。真夕と広報課にいたときは、いきいきと真夕の分まで仕事をしていた。いちばん幸せそうだったのは、正社員になることが決まって、正式に働き出すまでだ。

いざ正社員になったら、なんだか不幸そうになっているのはどういうわけか。

「佐々木さん、この本、森若さんに渡しておいてください。夫のコラムが載ってるので」

由香利がデスクに小冊子を置いた。ピンク色の付箋が挟まれている。

「はーい。へー、由香利さんの旦那さん、そういうお仕事をしているんですか」

「趣味ですけどね」

由香利は笑って美月と肩を並べ、経理室を出ていった。

由香利の夫は由香利の扶養に入っている。家事が万能で、由香利のお弁当を作ったり、シャツのアイロンを当てているのも夫らしい。夕方にメールが入って、由香利が買い物をしてから帰ることもあるらしい。由香利が制服から私服になって、お弁当を持ってくるようになって、少し痩せて綺麗になったのも結婚したからだろう。夫婦にもいろいろな形があるものだ。

コーヒーを飲んでいたら、経理室に沙名子が入ってきた。

アクセサリーは一切つけない制服姿だ。指先にはベージュのマニキュア、左手の手首には銀の腕時計。少し前までは忙しいのかマニキュアを塗っていないこともあったのだが、最近はもとの完璧な指先に戻った。

どことは言えないのだが沙名子は変わったと思う。ひょっとしたら、去年の誕生日以降の私服によくつけている、ダイヤのネックレスと関係があるのかもしれない。

「森若さん、いろいろ預かってますよ。こっちがミッキーさん、こっちが由香利さんから」

真夕は沙名子に封筒と小冊子を渡した。

「ありがと真夕ちゃん」

「それから千晶ちゃんがさっき、話があるみたいなこと言ってました。それと、えーと……なんだっけ……。そうだ、あたしあてにＬＩＮＥが来て」

名前を思い出せずにスマホを取り出していると、電話が鳴った。

美華が取り、沙名子に言う。

「森若さん、大阪の山田さんから電話です。森若さんに確認したいことがあるとかで」

沙名子は眉をひそめた。

「出ます」

山田太陽め、と真夕は思う。大阪転勤になってやっと騒がしくなくなったのに、名指しで電話をかけてくるとは。相変わらず迷惑なやつである。

いなくなったらいなくなったで、ちょっと寂しいような気もするのは妙なものだが。

仕事の準備をしていたら、経理室に製造部の鈴木(すずき)が入ってきた。

「出張の修正伝票を出したいんですが、いいですか？」

「いいですよ。あたしが受け付けるのでどうぞ」

パソコンの電源を入れながら真夕は言った。鈴木は製造部の伝票を持っている。

「修正ですか？」

「そうです。本当は明後日までこっちにいる予定だったんだけど、予定ができたので明日の昼までに終わらせて、静岡に帰ります」

「忙しくて大変ですよね、製造部は。——伝票はＯＫです」

「仕事じゃないんですけどね」

真夕が言うと、鈴木は苦笑した。

「そうなんですか？」

「明日の夜、ライブがあるんです。さっき、急にそのことがわかって」

「え」

思わず変な声が出た。

鈴木は製造部ひとすじ十年、天天石鹸をこよなく愛する三十代の男性である。いつも作業着を着ているが、ひょろりとした体軀と唇の薄い顔は、化粧してギターの一本でも持たせたら、かなり絵になるのではないかと真夕は踏んでいる。

まさか鈴木がライブに行くとは。

そ、それは誰の――と尋ねようとしたときには、鈴木は経理室から出ていってしまっていた。

意味なくうろたえていたら、沙名子が電話を置いていた。

ふう、と息をつき、数秒考え込んだあと、思いついたように顔をあげる。

「それで真夕ちゃん、なんだっけ。もうひとつ」

「もうひとつ？」

「ＬＩＮＥがどうとか言ってなかった？」

「あ。――えーと」

真夕はスマホを開いた。

「狭山さんです。披露宴で受付した人。あの人が、森若さんの連絡先知りたいってＬＩＮＥしてきたんです。どうしますか、森若さん」

「断っておいてくれる？　ごめんね、余計な手間をかけさせて」

「そうだと思いました」

真夕はうなずき、スマホを引き出しに入れた。返事は仕事が終わったあとでいいだろう。

もう午後一時になっていた。経理部の面々はデスクにつき、私物をしまって準備をしている。そういえば五人が経理室にそろうのも久しぶりかもしれない。

沙名子も同じことを考えたらしい。ふと顔をあげた。

「――あれ、そういえば新発田部長、いらっしゃったんですね」

「いるよ」

「よかったです」

新発田部長は律儀に答えている。四人全員からよかったと言われて、心なしか嬉しそうだ。

真夕はファイルを開いて仕事にとりかかる。年度末から年度初めにかけては、経理部が一年でもっとも忙しくなる時期である。

忙しいが嫌いではない。そう思える自分も、ささやかに変わったと思う。

天天コーポレーション経理部は、今日も平和だ。

※この作品はフィクションです。実在の人物・団体・事件などにはいっさい関係ありません。

集英社オレンジ文庫をお買い上げいただき、ありがとうございます。
ご意見・ご感想をお待ちしております。

●あて先
〒101-8050　東京都千代田区一ツ橋2-5-10
集英社オレンジ文庫編集部 気付
青木祐子先生

これは経費で落ちません！7
～経理部の森若さん～

集英社
オレンジ文庫

2020年5月25日　第1刷発行
2023年6月10日　第2刷発行

著　者　青木祐子
発行者　今井孝昭
発行所　株式会社集英社
〒101-8050東京都千代田区一ツ橋2-5-10
電話【編集部】03-3230-6352
【読者係】03-3230-6080
【販売部】03-3230-6393（書店専用）
印刷所　株式会社美松堂／中央精版印刷株式会社


ISBN 978-4-08-680318-2 C0193

集英社オレンジ文庫

**青木祐子・阿部暁子・久賀理世**
**小湊悠貴・椹野道流**

# とっておきのおやつ。

## 5つのおやつアンソロジー

少女を運命の恋に落としたたい焼き、
年の差姉妹を繋ぐフレンチトースト、
出会いと転機を導くあんみつなど。
どこから読んでもおいしい5つの物語。

好評発売中
【電子書籍版も配信中　詳しくはこちら→http://ebooks.shueisha.co.jp/orange/】

我鳥彩子

# うちの中学二年の弟が

良識派を自負する高校生・湖子の
弟・六区は、女装が趣味の小悪魔系男子。
好奇心旺盛で興味のある出来事に
片っ端から首をつっこみ、女子顔負けの
小悪魔ぶりで行く先々で
トラブルを巻き起こして…!?

好評発売中

【電子書籍版も配信中　詳しくはこちら→http://ebooks.shueisha.co.jp/orange/】